KB016082

2021년 전문예술단체 〈장애인인식개선오늘〉 장애인문화운동 비평 · 연구

장애인문화운동의 정책 방향성에 관한 소고

2021년 전문예술단체 〈장애인인식개선오늘〉 장애인문화운동 비평 · 연구

장애인문화운동의 정책 방향성에 관한 소고

1쇄 발행일 | 2021년 12월 31일

지은이 | 김종회 박재홍(대담) 엄민용 박지영 유근준 한상헌 도수영 노태겸 조미정 노병일
펴낸이 | 정화숙
펴낸곳 | 개미

출판등록 | 제313 – 2001 – 61호 1992. 2. 18
주소 | (04175) 서울시 마포구 마포대로 12, B-103호(마포동, 한신빌딩)
전화 | (02)704 – 2546
팩스 | (02)714 – 2365
E-mail | lily12140@hanmail.net

ISBN 979 – 11 – 90168 – 40 – 3 93800

값 13,000원

발행기관 | 장애인인식개선오늘 **(042)826-6042**
주최 | 장애인인식개선오늘(고유번호 305-80-25363. 대표 박재홍)
주관 | 대한민국 장애인 창작집필실
심사 | 발간지원 사업 심사위원회
후원 | 대전광역시, 대전문화재단, 갤러리예향좋은친구들, 문학마당, 한국장애인문화네트워크,
드림장애인인권센터, 대전광역시버스사업운송조합, (주)맥키스컴퍼니, (주)삼진정밀

문의 | (042)826-6042

2021년 전문예술단체 〈장애인인식개선오늘〉 장애인문화운동 비평 · 연구

장애인문화운동의 정책 방향성에 관한 소고

김종희 박재홍 엄민용 유근준 박지영
한상헌 도수영 노태겸 조미정 노병일

개미

전문예술단체 〈장애인인식개선오늘〉의 장애인문화운동(障碍人文化運動) 십칠년사(十七年史)를 비평과 연구 형태로 편집 발간하게 되어 무한한 영광으로 생각합니다.

현재 자치분권시대에 도래를 예고하고 있는 시점에서 전국은 도시재생을 위한 사회적 경제적 조직의 활발한 운동과 조직 구성원들과 전문가와 마을주민들의 장애인인식개선에 관한 연구가 본 단체의 사무처장으로 있는 박지영 시인의 연구 논문 2021년 한국유통 경영학회지에 발표한 「사회적경제를 위한 문화예술분야 장애인 인식현황 연구」(부제 대전광역시 도시재생사업 테미오래를 중심으로)를 재수록하게 되었습니다.

이를 통하여 사회적 합의를 위한 장애인에 대한 인식은 어디까지이며, 사회구성원으로 참여하는 장애인에게 원하는 것이 무엇이고 함께 참여하는 방법은 어떤 방식이 있는지, 그리고 장애인에 대한 부정적 인식이 어떠한 주관성을 가지는지 등 이들 간에 인식의 차이를 Q-방법론을 통해 분석하였습니다.

또, 전문예술단체 〈장애인인식개선오늘〉 대표 박재홍의 경향신문 엄민용 부국장과의 대담을 통하여 과거와 현재 미래의 이야기를 나누고 황순원문학관 소나기마을 촌장이신 김종회 교수의 장애인문학에 대한 인식과 개선의 올바른 방향을 통하여 장애인문학이 갖는 그리고 비장애인 문학인들이 가져야 하는 「장애인문학에 대한 인식과 개선의 올바른 방향」이라는 특별 기고문을 통한 전문예술단체 장애인인식개선오늘의 17년 동안의 문화운동에 대한 제도적 지원의 맹점을 비평적 시각에 기고문을 싣게 되었습니다.

이어 한상헌(대전세종연구원 책임연구원(전공분야:문화정책))과 도수영(충남대학교BK21융복합과학원 선임연구원) 박사가 공동집필한 「대전 장애인 문학 창작 활동 현황」 연구를 통해 장애인문화예술의 대전광역시의 현 상황을 살펴보고 제도적 지원 가능성을 기고하셨습니다.

인문학을 기반으로 한 장애인문화예술을 가지고 시대정신에 맞는 장애인문화운동을 통하여 사회적 함의를 구축, 도시재생에 대한 베리어프리를 실현하고 전문예술단체 〈장애인인식개선오늘〉의 대한민국장애인창작집발간사업을 통하여 문화비평 · 연구집 『장애인문화운동의 정책 방향성에 관한 소고』를 발간하게 되었습니다.

대전대학교 사회과학연구소 『사회과학 논문집』 중 「코로나19 사태의 영향과 이에 따른 복지기관의 역할에 대한 탐색적 연구」 노태겸 · 조미정(대전대학교 사회복지학과 박사과정) · 노병일(대전대학교 사회복지학과 교수)의 논문을 재수록하여 팬데믹 시대의 복지기관의 역할을 살펴 장애인과 사회적 취약계층에 대한 이해를 돕고자 하였습니다.

이러한 노력은 전문예술단체 〈장애인인식개선오늘〉의 거버넌스 구축에 창작활동지원 그리고 장애인문화예술과 생태환경에 대한 연구 및 제도개선을 통한 장애인문화예술 진흥에 이르는 거대한 운동성의 초석이 되도록 노력할 것입니다. 이렇듯 대전의 장애인문화운동은 민관협치의 모범적 계기의 지속성을 마련하여 주신 대전광역시의회, 대전광역시, 재)대전문화재단이 있기에 가능했습니다. 앞으로 장애인문화예술 연구에 관한 지원과 잡지발간 그리고 대한민국장애인문학상과 축제에 이르기까지 자치분권의 뜻깊은 의미의 구현을 장애인문화운동의 브랜드력 강화에 힘써주시길 간절하게 소망합니다.

2021년 12월

전문예술단체 〈장애인인식개선오늘〉

대표 박재홍

C o n t e n t s

I
비평

❶

장애인 문학에 대한 인식과 개선의 올바른 방향

_ 김종희

❷

대담 | **박재홍**(〈장애인인식개선오늘〉 대표) · **엄민용**(스포츠 경향신문 국장)

전문예술단체 〈장애인인식개선오늘〉의

어제와 오늘 그리고 내일

장애인 문학에 대한 인식과 개선의 올바른 방향

— 대전 세종연구원의 정책연구와 관련하여

1. 장애인 문학을 바라보는 올곧은 눈

장애인 문학의 개념 정의와 관련하여, 반드시 이 호명을 사용해야 할 것인가라는 문제부터 검토할 필요가 있다. 문학의 일반적 성격 속에는 인간의 모든 삶과 그에 대한 반응의 양식이 포괄될 수 있으므로, 장애인 문학이란 명칭 스스로 그 문학의 입지를 축소하고 개념을 한정한다는 비판이 제기될 수 있기 때문이다. 그러나 굳이 이 명칭을 사용한다면 그것은 문학의 한 특정한 분야에 대하여 편의적으로 붙인 이름이라 해야 옳겠다. 예컨대 여성 문학이나 노동 문학 등이 문학의 일반적인 범위 안에 있으면서 특정한 문학적 관심을 표방하고 있는 것과 마찬가지의 경우다.

장애인 문학의 개념은 우선 두 가지 관점에서 정의해 볼 수 있겠다. 먼저 장애인 문인이 쓴 문학이다. 다음으로는 장애와 장애인 문제를 다룬 문학을 그렇게 말할 수 있다. 장애인 문인이 쓴 문학이라는 개념은 매우 협소하여 그야말로 문학을 하나의 울타리 안에 가두는 형국이 된다. 그뿐만 아니라 이 개념을 성립시키기 위해서는 장애인이 쓴 문학의 수준 문제에 앞서서 그가 과연 장애인인가, 그리고 어느 정도의 장애인인가라는 문제에 관한 판단이 있어야 할 것이다. 그러므로 이 개념은 장애인 문학을 말하는 부분적 조건 중 하나로 치부하면 될 것으로 보인다.

다음으로 장애와 장애인 문제를 다룬 문학이라는 개념은 전자보다 훨씬 광범위하고 그 개념의 운동 범주도 자유롭다. 그런데 여기에서는 하나의 문학작품 속에 장애인 문제가 어느 정도의 분량으로 포함되어 있는가, 그리고 그것이 작품의 주제에 밀도 있게 관련되어 있는가, 아니면 단순하고 지엽적인 소재적 차원에 그치고 있는가 등의 문제가 검토되지 않으면 안 된다. 물론 이러한 문제가 작품 속에서 객관적 증빙을 동반하고 있거나 그 결과를 통계 수치화 할 수 있었구나 하기는 어렵다. 문학은 그러한 형편을 고려하면서 제작되는 예술품이 전혀 아니기 때문이다.

그렇다면 결국 장애인 문학이란 용어는 객관화된 기계적 개념 정의에 이르기 어려우며, 문학의 본질적 성격에 따라 상황적으로 유동하는 개념이 될 수밖에 없다. 엄밀히 말하여, 앞서 예거한 여성 문학이나 노동 문학 등도 마찬가지이겠지만, 장애인 문학이란 쓰고 읽는 이들이 그렇게 느끼고 받아들이는 것이지 사회사적인 객관성을 담보할 수 있는 개념이 아닌 셈이다. 위에서 이 명칭을 '편의적'이라 규정한 것은 이러한 경우의 개념 정의와 관련된 자발성을 말하고 있으며, 모호하고 편리하게 그 개념을 얼버무리는 태도를 말하지 않는다.

장애인 문학이 그 영역에서 가지는 강점이 있다면, 그것은 인간의 삶에 있어서 장애 또는 장애인과 관련된 깊은 고통의 심연을 두드려 보는, 그러한 절박성의 강도를 들 수 있겠다. "눈물 젖은 빵을 먹어보지 아니한 사람은 인생의 깊은 의미를 모른다"라는 수사가 괴테의 시집에 나오지만, 그 눈물 젖은 빵이 장애의 문제와 상관되어 있다면 그렇지 않으면 비해 절실한 감응력이 한층 더 강화될 수도 있을 것이다. 빅토르 위고의 『파리의 노트르담』에서 주요 등장인물 콰지모도는 그가 장애의 몸을 갖고 있기 때문에 소설의 주제와 비극성을 한층 강화하는 효과를 얻고 있다.

장애인 문학의 지향점은 대체로 작품 속에 등장하는 장애의 문제가 절망의 나락으로 침몰하기보다는 소망의 언덕으로 거슬러 오르는 것이 되도록 하는 데 있다. 그러기에 많은 장애인 문학의 배면에는 눈물겨운 인간 의지의 개가나 인간 승리의 숨은 이야기들이 묻혀 있는 것이다. 청력을 잃은 채 작곡한 베토벤의 장엄한 선율이나 실명한 후 6살 난 딸 데보라의 손을 빌려 『실낙원』을 완성한 존 밀턴의 문필이 그 좋은 예라 하겠다. 장애인 문학이란 명칭을 내걸고 이 소중한 불씨를 살려가는 사람들, 특히 장애인으로서 창작을 하고 있는 사람들이 유의해야 할 것은, 적어도 일시적이고 값싼 동정에 편승하는 안이함을 버려야 한다는 것이다.

그것은 궁극적인 도움이 되지 않으며, 오히려 예리한 경각심이나 불퇴전의 의욕을 소멸시킬 가능성이 있기 때문이다.

장애인 문제를 소재나 주제로 선택한 것은 창작자 자신의 고유한 정신적 영역에서 이루어진 일이며, 그것이 문학적 예술성의 성숙이나 완성도와 관련하여 어떠한 면죄부도 될 수 없음을 확고히 인식해야 한다. 그런 점에서 장애인 문학을 대표하는 문예지나 비평지의 경우, 장애인 창작자의 문학과 장애를 소재로 하되 문학 일반의 수준을 넘어서는 문학의 두 구분을 두고 이를 이분법적으로 운영하는 방안을 생각해 봄직하다.

우리 문학사, 그리고 세계 문학사 속에는 장애인 문학으로 그 이름이 빛나는 수많은 장애인 문인들이 있다. 시각장애를 감당했던 호머 · 밀턴 · 사르트르, 지체 장애를 겪은 이솝 · 세르반테스 · 세익스피어 · 바이런 · 마가렛 미첼 · 사마천, 언어장애가 있었던 헤르만 헤세 · 서머셋 몸, 뇌전증으로 고생한 톨스토이 등을 예거할 수 있다. 여기서 호명한 이들은 장애를 가지고 있으면서 그에 굴복하지 않고 자신의 문학과 더불어 세계문학의 중심부로 진입한 작가에 해당한다. 요컨대 그들의 문학과 작가로 사는 삶이 모두, 장애인 문학의 온전한 목표를 설정하는 데 좋은 본보기가 된다고 할 것이다.

육신의 장애를 안고 살아가면서, 그러나 그 정신의 영역에서는 맑은 명경처럼 빛나는 보화를 생산해 온 장애인 문인들이 있다. 그런데 정작 중요한 것은 작품의 수월성이다. 기실 아무리 갈고 닦여진 논리를 내세워 장애인 문학을 언급한다 할지라도, 수준 있는 작품의 산출이 수반되지 않는다면 그 논리는 허망하기 이를 데 없을 터이다. 아니, 논리가 앞설 일이 아니라 작품 자체의 생산이 비평과 연구의 논리를 불러오는 방향으로 전이되어 나가야 오히려 바람직하다 할 수 있겠다.

2. 문학사에 남은 장애인 문학의 성과

한국 고전문학에서 장애의 문제를 다룬 작품은, 우선 정신장애를 포함하고 있는 「공무도하가」가 있다. 물을 건너다 물에 빠져 죽은 백수 광부의 처가 쓴 시다. 그리고 시각장애를 다룬 작품으로 희명의 「도천수관음가」, 백제의 「도미설화」, 판소리 열두마당으로 된 「심청가」나 고소설로 된 『심청전』이 있다. 고전문학의 문면이 대체로 해소할 길 없는 당대 민중의 보다 나은 세상에 대한 열망을 담고 있다면, 정신 또는 육신의 장애를 어려운 삶의 조건으로 제시하는 것은 그 주제를 한층 강화하는 효용성이 있다. 이를테면 『심청전』이 힘든 가정 형편에 있으나 효성이 지극하기 이를 데 없는 착한 딸을 형상화하자면, 그 아비의 실명이 훨씬 극적인 이야기의 장치로 기능한다.

일제강점기에 이르러 장애인 문제를 보여주는 문학은 김동인의 「광화사」와 「광염소나타」, 나도향의 「벙어리 삼룡이」, 계용묵의 「백치 아다다」, 김유정의 「봄봄」 등이 있다. 김동인의 두 소설은 예술지상주의의 면모와 더불어 시각장애나 정신장애의 등장인물을 적극적으로 활용함으로써 각기의 주제의식을 강화한다. 나도향의 소설은 장애인의 인간적 자각과 반항을 보여주며, 계용묵의 소설 또한 장애의 상황이 그 인간성의 내밀한 측면을 어떻게 반영하고 있는가를 드러낸다. 김유정의 소설은 농촌의 서정적인 분위기를 바탕에 두고 젊은 남녀 사이의 애정적 교감을 매우 희화적으로 표출한다. 남자의 성장 장애를 동기로 하여 전원적 풍취와 인간 본성의 발현이 풍자적인 시너지 효과를 발양한다.

6.25동란을 매개로 장애인 문제를 다룬 문학으로 이범선의 「오발탄」, 손창섭의 「잉여인간」, 이호철의 「닳아지는 살들」, 하근찬의 「수난 이대」, 전상국의 「아베의 가족」과 「여름의 껍질」 등이 있다. 이범선의 소설은 전란을 거친 한 가족의 피폐한 삶을 주 인물의 치통과 어머니의 정신이상이라는 알레고리적 표현으로 상징화한다. 손창섭의 전후문학에 해당하는 대부분의 소설은 시대적 현실에 대응하는 패배와 반항의 군상을 그리면서 정신적 일탈의 모습을 지속적으로 보여준다. 이호철의 소설 또한 정신장애를 둘러싼 가족애를 주제로 하고 있으며, 전상국의 이름 있는 두 중편소설은 6.25동란의 와중에서 피해자와 가해자로 살아남아 아직까지 그 굴레를 벗어나지 못하던 인물들이 극명한 화해에 이르는 과정을 감명 깊게 형상화한다.

이 소설들은 전쟁이라는 불가항력적 상황과 삶의 조건 속에서 육신 또는 정신의 장애를 부각하는 것이, 작가가 추구하는 목표에 한결 수월하게 도달하도록 한다는 하나의 이야기 방정식에 입각해 있다. 한국뿐만 아니라 여러 나라의 전쟁소설 또는 전후 소설이 이 방식을 활용하여 수작들을 산출했다. 전쟁이라는 가장 비인도적이요 반인륜적인 무력 충돌도 그러하지만, 장애라는 가장 깊숙이 인간의 삶에 개입하는 환경적 조건 또한 범세계적 보편성을 담보한다는 의미다.

그런가 하면 동시대의 문학 가운데 이청준의 『낮은 데로 임하소서』가 시각 장애인을, 조세희의 「난장이가 쏘아올린 작은 공」이 육체 장애인을, 그리고 정찬의 「완전한 영혼」은 청각 장애의 문제에 접근한다. 이청준의 이 장편소설은 시각 장애인으로서 목회자가 된 주 인물의 파란만장한 삶의 도정을 보여주고, 조세희의 이 베스트셀러 소설은 도시 빈민의 절박한 삶을 육신이 난쟁이라는 멍에에 가로막힌 한 가족 구성원을 통해 보여준다. 정찬의 「완전한 영혼」은 1980년의 광주와 그 이후 운동권의 현실을 주제로 이야기를 이끌면서, 광주사태로 인해 청각을 잃은 이의 삶을 그린다.

한국문학, 특히 이야기를 구체적으로 풀어서 말하는 소설에서 장애인 문제는 시대적 상황에 대응하는 형식으로 주어진 경우가 많다. 물론 한 인간의 내면적 속성이나 지향점이 그와 관련되어 있는 사례도 있다. 중요한 것은 이것이 인간적 삶의 현실을 보다 핍진하게 형용하고 또 그렇게 함으로써 작품의 주제를 보다 명징하게 드러내는 데 효력을 발생한다는 점이다. 그런데 그것은 기실, 문학작품 속의 장애인 문제를 논의함에 있어서 부수적인 항목이다.

정작 우리가 주목해서 살펴야 할 지점은, 그러한 문학적 표현법이 우리가 사는 세상에서 장애인 문제에 대한 인식을 어떻게 각성할 수 있느냐에 있다. 이는 가치지향적인 순방향이어야 하며, 글을 쓰는 작가이든 글을 읽는 독자이든, 또 그가 장애인이거나 비장애인이거나를 막론하고 이 문제에 대한 인식을 합목적인 방향으로 인도하는 것이 온당하다. 그런

점에서 장애인 문학은 당초 예정된 방향성을 가질 때가 많다. 심지어 장애인 문제에 대한 전도된 모형을 그릴 때에도 이 개념적 형틀은 여일하게 작동할 수 있다.

세계문학 속의 장애인 문학은 그 무대가 넓은 만큼, 장애의 유형과 이야기 형식도 다양하게 펼쳐져 있다. 지체 장애를 다룬 작품으로 빅토르 위고의 『파리의 노트르담』, 에밀 졸라의 『목로주점』, 허만 멜빌의 『모비 딕』, 톨스토이의 중편 「이반 일리치의 죽음」, E.A.포우의 단편 「절름발이 개구리」 등이 있다. 시각장애를 다룬 작품으로는 앙드레 지드의 『전원 교향곡』, 샤롯트 브론테의 『제인 에어』, D.H.로렌스의 「눈먼 사람」 등이 있다. 정신장애를 다룬 작품으로 도스토예프스키의 『백치』와 스티븐슨의 『지킬 박사와 하이드 씨』가 있고 정서장애를 다룬 작품으로 세르반테스의 『돈키호테』와 알베르 카뮈의 『이방인』이 있다. 이 작품들은 모두 인류 문학사에 수발한 이름을 남기고 있는 명작들이다.

3. 전문예술단체 '장애인인식개선오늘'이 쌓은 문학의 탑

앞의 두 항목에서 살펴본 바와 마찬가지로, 장애인 문학을 바라보는 온전하고 올곧은 시각을 확보하는 것은 선택사항이 아니라 필수사항이며 변수(變數)가 아니라 상수(常數)의 영역에 속한다. 그것은 단순한 도의심이나 '측은지심(惻隱之心)'에 근거하는 것이 아니라, 장애인 문학의 실제와 그 성과를 객관적으로 평가하는 데서 출발한다. 여기서 공들여 한국문학과 세계문학을 망라하여 추적해 본 것도 바로 그 때문이다. 일찍이 에밀 졸라가 "당면한 어려운 문제의 묘사는 그 극복을 위해 있다"고 했지만, 궁극적으로 장애인 문학의 본령은 그 정신적 극복을 향해 열려 있는 것이다.

사정과 형편이 그러하다면 문학 현장에서 작품 창작을 수행하고 있는 문필가들이나 문학비평가 및 문학 연구자들이, 모두 이 문제에 대해 민감한 경각심을 갖는 것이 중요하다. 항차 이에 대한 관리 및 지원 업무를 담당하는 지자체나 공공의 정책 기관이 이를 확인하고 보살피려는 선제적 노력과 자세를 갖는 것이 무엇보다도 필요하다.

국가와 공공기관의 책임을 맡은 당무자로서 당연한 책임이기 때문이다. 근자에 이르러 전 세계적으로 어느 국가에나 통용될 수 있는 어젠다가 있다. 곧 환경과 인권 문제다. 인권 문제 가운데서도 장애인 문제에 대한 인식과 실천이 결여되어 있는 국가는, 아예 선진국의 반열에 그 이름을 올리지 못한다.

필자는 지금 여기서 이러한 문제, 이러한 상황과 관련된 하나의 사례를 들고 이를 유의해서 살펴보려 한다. 대전광역시에서 활동하고 있는 '장애인인식개선오늘'이란 단체가 있다. 2004년에 설립되었으며, 문화체육관광부 등록 비영리 민간단체이자 대전광역시 지정 전문예술단체로 알고 있다. 대표와 회원 60% 이상이 중증장애인과 비장애인 전문예술인으로 구성되어 있으며, 2010년에는 한국문화예술위원회의 지원을 받아 전국 최초로 '장애인 문학 전용예술공간'을 운영한 단체다. 그런데 그동안 이 단체가 쌓아온 실적은 그

야말로 괄목상대할 만하다. 주된 사업으로 대전광역시와 대전문화재단의 '장애인 창작활동 지원사업'을 통해 장애인 창작 지원과 인식 및 제도 개선을 위해 노력해 왔다.

그런가 하면 2014년 이후 한국출판문화산업진흥원이 주관하는 '세종도서문학나눔우수도서'에 총 6종과 13명의 중증장애인 작가와 장애인 가족의 작품집이 선정된 바 있다. 그리고 2021년 한국문화예술위원회의 문학나눔도서에도 1종이 선정되었다. 또한, 중소출판사 우수콘텐츠 제작 지원사업 등 비장애인과 경쟁을 하는 공모사업 지원 선정 등에서도 성과를 보였다.

그 외에도 전국의 중증장애인 예술인과 인문학을 기반으로 하는 창작곡 제작, '시와 소리' 및 '시와 몸짓' 등 다채로운 행사를 전개하여 장애인 예술의 확장과 향유에 기여해 온 객관적 기록이 있다. 이처럼 그동안 이 단체가 활동한 이력을 열거하자면 너무 많은 시간과 지면이 필요하기에 여기에서는 이 정도로 기술해 두고자 한다.

다만 이 성과와 업적들에 대한 평가에 있어 2016년 949개의 문화예술 관련 전문예술법인단체 평가에서, 평가 지표상으로는 1위 단체인데 최종적으로 4위에 그친 안타까운 사례도 있었다. 그러나 재단법인 예술경영지원센터의 공적 심사가 말해주듯이 비장애인 단체와 경합을 벌여서 그 우수성을 인정받았고 이러한 평가들은 대전광역시에 근거를 둔 전문예술단체로는 유일한 경우였다. 기실 앞서도 언급한 바 있지만, 객관적이고 공적인 평가에 있어서 예술적 수월성(秀越性)에 방점을 두기로 하면 거기에 장애와 비장애의 구분을 두는 것이 바람직하지 않다. 바로 그 점에 대한 이해와 그 구분을 넘어서는 노력이 이 단체로 하여금 장애인 인식개선의 선두에 서는 지위를 확보하게 했을 터이다.

여기서 한 가지만 더 언급하고 넘어가자면, 이 단체가 그동안 수탁해 온 사업들의 명세에 관한 것이다. 한국 장애인고용공단의 지원으로 갤러리 운영, 한국문화예술위원회의 지원으로 전국 최초의 장애인 창작집필실 운영, 대전의 장애인기업종합지원센터 지원으로 보육기업 운영 등을 들 수 있다. 이와 같은 활동과 성과는 그 일의 과시나 금전적 규모에 중점을 두는 것이 아니다. 전문예술단체 '장애인인식개선오늘'이 집중하여 육성하는 장애인 문학 외에도, 장애인에 대한 인식의 개선과 장애인 삶에 공여할 수 있는 실질적 지원을 위해 이 단체가 애쓰고 수고해온 그 궤적을 증명하는 일이 중요한 것이다.

동시대의 문학인, 장애인 문제에 관심을 가진 양식 있는 시민, 그리고 이에 대한 정책의 입안자 및 관리자들이 이 사실을 신중하게 인지하는 것이 필요하다. 이러한 상황과 관련하여 필자가 근자에 접한 한 '정책연구'는 매우 놀랄만한 것이었다. 대전 세종연구원에서 진행한 연구용역의 결과보고서로서 「대전 문학 창작활동 분석 및 활성화 방안 연구」라고 하는 문건이 그것이었다. 이 연구는 '2018-61'이라는 일련번호가 붙어 있으니 3년 전인 2018년에 진행된 것이 확실했고 연구책임은 한상헌 미래전략실 연구위원, 그리고 공동연구는 도수영 함초롬문학예술연구소 소장으로 되어 있었다.

4. '장애인 인식'의 결여와 개선의 각성

이 연구는 대전광역시 관내의 문인들을 대상으로, 문학 창작의 양적 증대에 비해 지역 내의 문학에 대한 관심과 호응이 부족한 상황이라고 진단하고 있다. 이 문제를 개선하기 위해 선순환적 문학생태계 구축이 요구된다는 것이 연구자들의 기본적인 관점이다. 이른바 '대전 문학'의 시발을 1945년에 발간된 종합문화지 《향토》에 두고 있으며, 해방공간과 한국전쟁 시기를 거치면서 지역민들의 삶을 반영한 창작의 성과를 거두었다고 보고 있다. 그러나 지역 문학의 특성상 중앙문단 지향적 경향이 있었으며, 최근 들어 '중앙에 대한 지엽적 사고와 중앙 바라기, 그리고 당위적 지역주의'를 벗고 대전 중심의 문학을 정립하려는 의미 있는 움직임이 있다고 판단했다.

지금까지 지역 주체의 정책과 과제가 이행되어 '지방'이라는 타자화된 시각은 많이 사라졌으나, 아직도 '중심'에 집중된 사회 · 문화의 일반적 현상은 여전하다는 것이 연구자들의 견해다. 그러므로 당면 과제는 문화예술의 중앙 집중 현상을 해소하고 지역 중심의 활성화를 위한 방안이 필요하다는 것이다. 연구자들은 대전의 문학 창작활동 현황을 문학단체, 문예지, 문학 창작 교육과 동호회를 중심으로 조사 · 연구함으로써 전문 작가와 생활예술임을 포괄하는 문학 창작 환경을 분석하고, 그 환경의 조성을 위한 정책 제안을 감당하겠다는 다짐을 보여주고 있다.

이 연구는 한국 및 대전의 문학 창작활동 현황 및 지원제도를 순차적으로 서술한 다음, 대전지역 문학 창작활동의 실태와 인식에 관해 서술하고 있다. 그리고 그를 대응하는 방안으로서, 이외 활성화를 견인할 수 있는 정책 기조와 추진 전략을 제시하고 있다. 정책 기조에 있어서는 생활예술을 바탕으로 대전 문학생태계 구축, 대전 문학 활성화로 대전의 지역 정체성 고취 및 문화 수준 향상을 들었다. 추진 전략으로는 주체별 특성에 맞는 정책 지원, 창작 활성화를 위한 기반 확충, 문학 창작물의 다각적 활용 및 홍보, 그리고 창작 지원 관련 조직 및 행정 체계 개선 등 여러 항목을 들고 있다.

전반적으로 매우 수준 있는 현황 진단이요 실태 분석이며, 설득력 있는 대안을 내놓고 있는 연구다. 연구 수행 과정에 들인 노력과 목표를 향한 열의도 쉽게 감각할 수 있다. 그런데 천려일실(千慮一失)이라고 할까, 아니면 옥에 티라고 할까, 도무지 간과하고 넘어갈 수 없는 결여의 지점이 남아 있어 안타깝다. 그 '빈 곳'은 어쩌면 이 열성적인 연구의 의미를 단번에 퇴색시킬 수 있어서 더욱 그렇다. 바로 장애인 문학에 관한 관심과 언급, 더 나아가서 장애인 문학단체에 대한 존재 확인의 누락이라는 문제다. 이는 단순한 실수라고 보기에는 사안이 너무 중대하고, 만일 이를 인지하고도 조사 · 연구에 포함하지 않았다면 실로 경악할 만한 일이 되는 형국이다.

연구자가 밝힌 '연구방법'을 보면 대전지역에서 활동하고 있는 문학단체를 조사하고, 기관 정보와 연구실적을 조사하며, 심층 면담을 통한 인식의 확인에 이르겠다는 언급이 명시되어 있다. 실제로 과거 대전에서 발간된 《대전시단》《대전문학》《호서문학》 등의 문예지, 현재 발간하고 있는 《애지》《시와 정신》《시와 경계》 등의 문예지를 다루고 있으며, 대전광역시와 대전문화재단에서 지원하는 사업들을 충실히 다루고 있다. 그런데 어떤 이유로 대전에서 괄목할 만한 역할을 하는 장애인 문학 문예지 《문학마당》이나 이를 발간하는 전문예술단체 〈장애인인식개선오늘〉의 문학 활동에 대해 단 한 줄의 기록도 없는지 의아하지 않을 수가 없는 것이다.

굳이 '장애인' 이라는 표식을 전제하지 않는다고 하더라도, 앞에서 살펴본 바와 같이 비장애인 문학 분야와 경쟁해서도 대전에서는 보기 드문 성과를 거양한 문학단체요 문예지라고 한다면, 3년 전의 이 용역보고서는 다시 검토되고 가능하다면 수정되어야 한다고 본다. 고의가 아니더라도 모르는 것, 안하는 것도 과오가 될 수 있다. 문제를 시인하고 고치는 것은 결코 부끄러운 일이 아니다. 또 그렇게 하는 것이 장애인과 장애인 문학에 대한 인식을 개선하는 일이 된다면, 그 올바른 방향을 선택하는 용기야말로 큰 박수를 받을 터이다. 한국과 세계 문학사에서 면면히 그 흐름을 이어오고 있는 장애인 문학을 제대로 바라보고 그 부력(浮力)이 되도록 애쓰는 노력은, 두고두고 문학인들의 존중을 받을 것으로 믿는다.

전문예술단체 〈장애인인식개선오늘〉의 어제와 오늘 그리고 내일

실제로 통계청 자료를 보면 2018 기준으로 최근 3년간 20만~30만 명씩 늘고 있는 가운데 현재 우리나라 등록 장애인 수는 259만 명에 이른다. (2018년 기준) 하지만 등록하지 않는 재가 장애인까지 합치면 전체 장애인은 500만 명이 넘는다는 것이 장애인 단체들의 분석이다. 전 국민의 10%가 장애인이다. 등록장애인과 미등록 장애인을 포함한 수치다. 게다가 수명이 길어지면서 장애인의 수 또한 더욱 늘어날 전망이다. 이에 맞춰 정부도 장애인 복지와 관련한 다양한 제도와 정책을 마련하고 있다. 하지만 이들 제도나 정책 중에는 '보여주기식' 또는 '주먹구구식'이 적지 않다는 것이 장애인 단체들의 지적이다. 이에 박재홍 전문예술단체 〈장애인인식개선오늘〉 대표를 만나 장애인 정책의 바람직한 방향과 무엇보다 먼저 마련돼야 할 정책들에 대해 들어봤다.(2020.01.18.일 자 스포츠 경향 내용[1])

1) 일부 내용은 사실에 근거하여 수정 · 보완하였음

엄민용: 〈장애인인식개선오늘〉은 어떤 의미이고 어떤 활동을 해오고 있나요?

전문예술단체 〈장애인인식개선오늘〉 박재홍 대표: 〈장애인인식개선오늘〉은 2004년에 설립되었고, 작고하신 자헌 이성순 선생님의 "장애인선교"를 돕다가 만든 단체로 "장애인인식개선"의 의미는 "현장성"인 오늘에 기인한다고 생각하고 만들었습니다. 단체의 활동은 제도 개선을 통한 플랫폼 구축과 민관협치를 통한 창작활동지원, 창작활동은 장애인과 비장애인 예술인들의 공동창작 공동발표 시민들과 향유 등이 있습니다. 2008년부터 2011년까지 한국장애인고용촉진공단((재)한국장애인고용공단)의 전대지원금으로 갤리리예향을 운영, 장애인문화예술 사업으로 갤러리를 운영하였습니다. 또, 2010~2014년까지 전국최초로 대한민국장애인창작집필실((재)한국문화예술위원회지원)을 운영하였고, "장애인과 장애인 가족"창작집 발간사업을 대전광역시와 재)대전문화재단의 지원으로 현재까지 운영해 오고 있습니다.

엄민용: 공적 자금을 통한 가시적인 성과는 있었나요?

박재홍: 2012년~2020년 현재 총 71종 71,000권의 작품집을 발간하였고, 총 127명의 작가를 배출했습니다. 이 중에서 2014년~2018년까지 문화체육관광부와 재)한국출판문화산업진흥원에서 선정된 세종도서 문학나눔 우수도서에 6종 6,000권의 도서가 전국에 배포되었고, 총 13명의 작가를

배출하였습니다. 이의 의미는 등단하지 않은 작가들이 배움이 없이도 창의성과 작품성을 객관적으로 인정받았을 뿐만 아니라 전국 국공립사립 작은 도서관에까지 배포되어 장애인 문학의 대중성을 확보했다는 것에 있습니다. 이로 인해 대전광역시는 전국시도의 장애인 인문학의 모범이 되는 민관협치의 성공 사례로 알려졌습니다.

그에 따라 2014년 대전광역시 지정 전문예술단체로 지정되었고, 2015년에 그 공로로 문화체육관광부 표창을 받았습니다. 특히 의미 있는 것은 2016년에 전국 949개의 전문예술법인 · 단체 중 문화체육관광부 산하 재)예술경영지원센터가 인증하는 우수전문예술법인 · 단체 10개 단체에 포함되었습니다. 장애인 단체로는 보기 어려운 사례로 알고 있습니다.

엄민용: 그 외 또 다른 사례도 있었던 것으로 알고 있는데 무엇인가요?

박재홍: 그동안 발간한 장애인 창작활동 지원사업에 선정된 장애인 시인들의 시를 '시와 소리' '시와 몸짓' '시극' 등의 장르로 구분하여 장애인 문인들의 제한된 메시지를 비장애인 젊은 작곡가를 비롯해 전문예술인과 장애인 예술인들의 협업 콘텐츠를 만들었습니다. 그 중 대표적인 예를 들자면 장애인 가족인 박지영 시인이 쓴 『통증, 너를 기억하는 신호』가 작곡가 최정석 씨가 작곡하고 바리톤 정경이 불러 이승철 스튜디오, 콩 음악, 소니, 워너 뮤직 발매로 널리 알려졌습니

다. 이렇게 만들어진 또 다른 작품도 52곡의 작곡 작품을 비롯해 시극, 시 가곡, 가요, 오케스트라 연주곡, 앙상블, 무용곡, 국악가요, 대중가요까지 다양한 콘텐츠가 만들어졌습니다. 많은 예술인과 함께 2016년~현재까지 詩가 깃든 클래식 음악 여행이라는 타이틀로 협업을 통해 지속적인 성과를 내고 있습니다.

엄민용: 위에서 말씀하신 내용을 살펴보면 전문예술단체 〈장애인인식개선오늘〉은 다양한 콘텐츠를 제작하고 보급하고 생산하였는데 불편한 것은 무엇이었을까요?

박재홍: 콘텐츠로 돈 버는 것보다는 장애인 예술인들을 위한 사업의 "지속성"을 담보하는 것입니다. 처음에는 시 대행사업비로 지원을 받았으나, 지방재정법을 통해 모든 것을 공모로 해서 지원했습니다. 결국 "대한민국장 애인 창작활동 지원"이라는 민간사업이 지속성을 확보하기 위해 "장애인 창작활동 지원사업"으로 전환되었고 공기관을 통하여 2013년~현재까지 이어오고 있습니다. 단체가 17년을 이어 성장하는 동안 올해부터 저는 기초생활 혹은 홀로 삶으로 불리는 사회 취약계층이 되었고, 단체를 지원하며 함께 고생해 온 파트너인 사무처장 또한 기초생활 수급자가 되었습니다. 그렇지만 "우리는 행복합니다" 저는 14세까지 손에 신발을 끼우고 기어 다니며 살았고, 목발을 의지해 살아온 날수를 돌아보면 "불편했기 때문에 세상이 온전하게 바로 보였습니다. 그래서 지금도 저는 끊임없이 하루를 마지막처럼 사는 데 주

저하지 않습니다. 아마도 이 땅의 모든 예술인의 모든 마음이 하나일 것입니다. 작품을 할 수 있는 "지속성"을 원하는 비원 같은 것이지요.

엄민용: 본인도 시인인 것으로 알고 있는데, 현재 몇 권이나 시집으로 내셨는지요. 그리고 그것의 주제는 무엇인가요?

박재홍: 2020년 1월 현재 발간된 책까지 11권의 시집을 냈습니다. 11권의 시집을 관통하는 주제가 "모성"입니다. 가족이 해체되고 현재 사회의 급속한 변화의 체제 그리고 장애인으로 사는 삶과 장애인을 품고 살아가는 가족의 이야기, 그 배후에 왜곡과 편견의 시작이 가족 구성원에서 사회로까지 전개되는 부조리한 세계를 껴안으며 들숨과 날숨으로 내어놓은 삶 속에 경험되어지는 것을 세심하게 살피며 화해하는 것입니다.

엄민용: 현재 장애인 정책이란 어떤 의미가 있는 것일까요?

박재홍: 부처별 장애인 정책은 급조된 몇 해를 걸쳐 쌓인 제도적 모순을 개선하는 성과와 결과 중심 혹은 통계 중심의 정책으로서 중장기 이해당사자의 세심한 여론 수렴이나 이해 당사자의 시각으로 보는 것이 없고 역사성, 전문성, 재정자립도를 위한 중장기 계획의 효율성이 없는 현실적 당면 문제 해결에 급급한 의견 수렴이나 지휘부의 기능이 없다고 보는 것이 맞을 것 같습니다.

엄민용: 앞에서 말하는 콘트롤 타워의 기능이라는 것은 무엇을 말하는 것일까요?

박재홍: 예를 들어 재)한국장애인개발원의 하는 사업을 살펴보면 정책연구, 직업 재활, 일자리 개발, 우선구매, 유니버설 디자인환경, 인식개선 사업 등입니다. 재)한국 장애인고용공단은 장애인 맞춤형 취업 지원, 일자리확대 및 개선 지원, 경쟁력 있는 장애인 인력양성, 미래대응 및 혁신성장 지원, 장애인 일자리 창출 및 고용서비스 전문기관이라고 합니다. 재)장애인기업종합지원센터는 장애인 기업인들을 위한 창업지원이나 판로 · 기술지원, 교육지원, 보육실 운영, 장애인 예비창업자에게 장애인 창업점포지원, 장애인 창업 사업화 자금지원, 창업 아이템 경진대회 등을 지원하는 일을 하고 있습니다. 재)한국장애인 문화예술원은 문화예술 공연장, 전시장 등의 운영은 물론 장애인 예술인 창작활동을 지원하고 있습니다. 재)국립장애인특수재활원 등도 마찬가지로 장애인 재활을 지원하고 있습니다. 그뿐만 아니라 보건복지부는 장애인 정책이라고 하는 것은 보육교육 관련 의료지원 서비스는 일자리 융자지원 공공요금감면 세제 혜택을 주는 그것을 하고 있습니다. 지역사회복지사업(재활 시설) 및 기타 장애인 정책, 장애인등록/장애 정도 심사제도 등을 합니다. 하지만 대부분 사업이 중첩되거나 업무분담일 뿐 예산과 실행인력 등과 현장성을 살펴보면 이해 당사자는 거의 없다고 보시면 맞습니다. 거기에 법 제도와 행정 시스템 그리고 장애인에 관련한 종사자들의 온전한 전문성, 역사성, 현장성 등

이 부족할 뿐만 아니라 이해 당사자와 전문분야 그리고 전담 공무원 등이 있다 하더라도 작금의 현실에서 가장 중요한 "사회적 합의"가 빠져 있다는 것이 문제입니다.

정부는 성숙한 몸통은 있어도 몸은 있는데 머리가 없는 형국입니다. 매년 국가가 보호하는 다양한 복지의 주체 즉 아우성을 치는 부문을 중심축으로 수요자의 욕구 반영이 없는 무계획이 계획인 것처럼 보이는 조정 기능의 기능이 전부인 것 같습니다. 위에서 말한 거대한 세 기관은 장애인 전담 공공기관으로 가장 큰 것이라 생각합니다. 매년 국무총리 산하에 장애인 정책조정위원회에 일 년에 몇 차례 하는 회의 거수기 말고, 말이지요. 복지부 산하, 고용노동부 산하, 중소기업벤처부 산하 타이틀은 갖고 있지만, 이것은 머리 없는 몸통의 기능일 뿐입니다. 결국, 해결 방안은 대통령 직속 또는 국무총리 산하의 〈장애인지원청〉 또는 『장애 인사청문』 설립이 시급합니다.

장애인이라는 말은 참으로 슬픈 현실의 우리나라 용어지만 스웨덴 같은 곳의 '장애'의 의미는 '기능이 저하된'이라는 표현을 합니다. 이것은 꼭 장애인만을 지칭하는 것이 아닌 노인, 어린아이, 사회적 약자, 취약계층, 일반 시민까지 고령화 사회의 전반적인 현실을 아울러 말하고 있습니다. 위 공공기관과 보건복지부의 장애인 관련 부서를 통합하여 만드는 거버넌스 기관 즉 〈장애인지원청〉 또는 〈장애인청〉 설립이 이루어진다면 예산의 효율적 집행, 재정의 투명성, 장애 관련 연구 및 정책의 중장기 로드맵 구축, 뛰어난 전문집단과 장애인 이해당사자를 위한 중장기 제도 개선과 재정 집행이 가능하리라 생각합니다. 다문화청도 그렇고 다양한 사회적 욕구를 수용하는 현장성이 있는 청이 필요합니다 특히 대통령령으로도 설치가 가능한 것으로 알고 있습니다.

엄민용: 〈장애인지원청〉 또는 〈장애인청〉 설립은 장애인과 고령화 사회에 가장 필요한 실질적 효용성을 가진 실행하는 독립 행정기구가 되겠군요?

박재홍: 그렇습니다. 고령화 사회에서 장애인청을 통한 직업 재활이나 장애 정도에 따른 생산성을 담보한다는 것은 지방 자치분권 시대에 지역사회 거버넌스 구축에 반드시 필요할 것입니다. 이는 곧 고령화 사회에서 기능성이 저하된 노인이나 장애인들이 노동의 기능성 즉 장애 정도에 따른 문화예술이나 교육 등을 통해 자기 능력을 개발하고 사회의 구성원으로서 갖추어지는 생산성 담보는 거시적인 측면에서 직업 재활로 수용해야 할 것입니다. 이것을 지원하는 통합행정기구가 바로 〈장애인지원청〉 또는 〈장애인청〉이고 교육 분야로 장애 정도에 맞는 대학 · 대학원을 통한 장애인의 사회참여 기능을 높일 수 있는 전문 교육기관도 필요합니다. 이것은 장애인의 생산성을 높일 수 있는 기회비용이라고 보면 그동안 장애인이나 사회복지에 대한 국가의 노력이 밑 빠진 독에 물 붓기가 아닌 생산성을 담보하는 투자라고 한다면 사회 구성원으로 참여는 시민들이나 국가 그리고 경제나 시민사

회가 외면할 일이 아니게 되는 것이지요.

엄민용: 이런 시대적 담론의 필요성이 제기된 것은 왜 그렇게 된 것일까요

박재홍: 첫째는 장애인에 대한 정책과 복지전달체계 그리고 서비스 시스템 중심의 시장 실패로 문제가 제기된 것입니다. 둘째는 장애인복지법 제10조 국민의 책임에 관한 사항 및 제10조 2항에 관한 장애인 정책 종합계획수립의 진정성 문제 또, ③항 국회에 대한 보고, 제 11조 장애인 정책조정위원회를 두고 있으나 유명무실하여 장애인의 사회 통합기능과 부합하지 않는 점입니다. 셋째 장애인 - 비장애인인 인구비례에 따른 기관 및 예산 "균등 포인트" 찾기가 필요하다는 점을 살펴볼 수 있겠습니다.

엄민용: 담론에 관한 해결할 수 있는 법적 근거가 많다는 것이군요

박재홍: 그렇습니다. 장애인 차별 금지법, 장애인복지법, 결국 국가 장애인 정책조정위원회의 기능을 유명무실하게 운영하지 말고 세 개의 기관을 통합하여 실제 장애인 사회 통합적 기능에 부합하는 제도 개선이 시급하고, 〈장애인지원청〉 또는 〈장애인청〉 설립은 빠를수록 좋은 것입니다.

엄민용: 장애인 - 비장애인 균등 포인트를 찾아야 하는데 제

안하신 인구비례에 따른 기관 및 예산은 예를 들자면 어떤 것이 있을까요?

박재홍: 전 세계는 장애인 편의시설을 개보수에 접목할 접근성이 쉬운 공공디자인을 주제로 삼고 있습니다. 노인, 어린이, 임산부, 장애인과 비장애인 등 누구나 사용할 수 있는 환경과 상품의 디자인을 말합니다. 결국, 제도는 신체적 기능이 저하된 사람들이 상황이나 나이에 따라 일어나는 사회 구조적 기능성 저하를 생산적으로 발전시키는 "사회적 함의"가 필요합니다. 결국, 저하된 기능성을 보완하는 플랜을 세울 필요가 대두되고 이에 〈장애인지원청〉 또는 〈장애인청〉을 만들어 예산확보의 당위성에 대해 각 부처의 특성에 맞는 중장기 계획을 세워 각 공공기관의 산하에서 별도로 예산 낭비하지 말고 기관설립을 통해 분산된 공공기관을 효율적 운영으로 인해 당사자인 장애인과 노인 그리고 종사자들을 위해 집중하자는 것이지요

엄민용: 여기서 "사회적 함의"는 어떤 의미인가요?

박재홍: 공정사회입니다. 사회구성원의 상생과 조화입니다. 장애인이나 사회적 약자, 취약계층과 노인 등이 사회의 짐이 아니고 사회적 힘이라는 전제를 바탕으로 지혜로운 국가, 생산적 국가가 되었으면 하는 것입니다. 이를 위해 공공기관장의 책임소재의 명확한 법률이 필요하고 그에 따른 제재와 능동적 평가 항목을 주어 사회의 공의로움을 살리고 공공기관

을 운영하면서 투명한 핸들링으로 중장기 계획과 전문성을 답보 계승하여 역사성과 재정자립도를 높이는 혁신성을 갖추어 〈장애인지원청〉 또는 〈장애인청〉이 정부 각 부처의 유기적 관계망을 형성한 문민정부 안에서 특성화되기를 바라는 마음이 간절합니다.

엄민용: 말씀하신 것이 다 중요하지만, 정책 실현 중심은 예산에 있습니다. 예산을 확보하기 위한 어떤 방법이 있을까요

박재홍: 예산확보는 분산된 기구의 통합과 장애인들을 위한 제도 및 계획(안)이 만들어지면 시행령상에 장애인에 관한 균등지원 기준점인 인구비례 등록장애인 4.5/100 이상의 장애인 예산 할당 지원제를 명시하는 방법이 필요하고 지방자치단체 공공기관은 장애인 예산 균등지원의 기준점인 4.5/100 이상의 할당제를 추진하는 방법이 필요하다고 생각합니다. 이것은 등록장애인을 기준으로 하지만 미등록 장애인을 고려해 인구의 10%를 잡으면 충분한 생산적 가능성을 보여준다고 할 것입니다.

Ⅱ
연구

❶
사회적 경제를 위한
문화예술분야 장애인 인식현황 연구
_ 박지영 · 유근준

❷
대전 장애인문학 창작활동 현황
_ 한상헌 · 도수영

❸
코로나19 사태의 영향과 이에 따른
복지기관의 역할에 관한 탐색적 연구
_ 노태겸 · 조미정 · 노병일

사회적 경제를 위한 문화예술분야 장애인 인식현황 연구

— 대전광역시 도시재생사업 테미오래를 중심으로

Abstract

Purpose: The purpose of this study is to typify the awareness of the disabled by members of social economic organizations and villagers participating in urban regeneration projects. In other words, it is based on the structural vulnerability and awareness of Barrier-free in the field of culture and arts in temiorae urban regeneration projects, and the social value created by activities accordingly. In addition, the government will analyze social economic organizations in the field of culture and arts to determine whether social values are better reflected in the social economy in the field of culture and arts through analysis of the social values of culture and arts and the types of perception related to the barrier free.

Research design, data, and methodology:

In this study, the social economic organizations participating in the temiorae urban regeneration project will find the types of awareness of the disabled and present the characteristics, differences, and commonalities of each type accordingly. This study extensively collected empirical studies and interview studies retrieved from urban regeneration projects and reports from government policy agencies to extract related keywords, and finally selected 23 questions based on them. In addition, some of the statements were modified to be negative so that the number of responses could be balanced.The collected statements were analyzed as the Q method program, which is recommended for use by the International Society of Subjectivity, using the Principle component analysis varimax method for analysis.

Results:

This study was conducted on the status of awareness of disabled people related to culture and arts of urban regeneration in Daejeon Metropolitan City for members of social economic organizations and residents. First, the results of the research showed

that the awareness of local residents in urban regeneration projects could be tangibleized, and second, the difference in perception could be revealed, and third, the direction of effective awareness of urban regeneration-related disabilities.
Implications: The generalization of subjectivity research and the analysis of perception status alone remain regrettable. In the future, efforts should be made to provide various interests and support for the common good that pursues the direction of improving the awareness of the disabled and the creation of social values by social implications.
Keywords: Social economy, perception of the disabled, culture and arts, temiorae urban regeneration,

1. 서론

최근 사회적 경제가 발전하면서 도시재생사업 관련 문화예술분야에 대한 사업의 비중이 증가하고 있다. 그러나 현실적으로 장애인이나 취약계층에 대한 참여나 인식은 여전히 반영되지 않고 있다.

사회적 경제(Social Economy)에서 도시재생사업의 장애인 참여와 장애인 인식에 대한 주관성은 인간의 내부에 형성된 의식구조에 영향을 받을 수 있을 것이다. 이에 도시재생사업 추진 검토 시 도시발전 방향 및 상위계획에 부합하는 도시 공공성 확보와 주변 지역의 조화롭고 합리적인 도시개발을 위해 노약자와 장애인의 접근성을 높이는 배리어프리에 대한 가이드라인을 마련하는 것은 매우 중요하다.

도시재생의 궁극적인 목적은 쇠락한 도시를 다시 재생시키는 일이거나 침체된 도시에 활력을 불어넣는 것이라고 할 수 있다. 도시재생의 궁극적인 목적 달성을 위한 주요 내용은 물리 환경적인 측면과 산업 경제적 측면 그리고 사회 문화적 측면과 그 바탕 위에 사회적 가치를 중시하는 배리어프리에 대한 이해가 전제되어야 한다. 그렇지 않고서는 낙후된 도시를 과거 그대로 방치하는 것이 되며 새로운 도시개발이나 국토 균형발전을 도모하려는 본래의 취지를 달성하기 어렵다.

대전광역시 도시재생사업의 일환인 테미오래 사업은 지역사회의 고유한 근현대건축물에 관한 특성을 존중하고 환경과 사회 그리고 경제와 문화의 종합적인 활용 등 배리어프리에 대한 사회적 가치를 추구해야 하며, 지역주민들이 사업의 주체인 동시에 직접적인 수혜자임을 강조하고 있다. 따라서 테미오래의 사업성과 관리와 정성평가는 지역주민들의 만족도 평가를 바탕으로 이루어져야 마땅하다. 도시재생사업에 대한 지역주민들의 만족도와 관련된 기존 연구들은 주민들의 인식에 따라 사업의 만족도는 달라질 수 있음을 가리키고 있다.

본 연구는 대전광역시 도시재생사업의 일환인 테미오래 사업에 참여한 문화예술 분야의 사회적 경제 조직의 전문가 집단을 대상으로 조사하여 Q방법론으로 인식에 대한 유형화와 그 특징에 따른 분석을 하고자 한다. 그리고 장애인을 위해 무장벽으로 사회에 참여하기 쉬운 환경을 조성하는 배리어프리에 대한 인식의 차이점과 공통점을 각 유형별로 분석하고자 한다. 특히 본 연구는 테미오래 수탁사업의 분석을 통해 도시재생사업의 활성화와 바람직한 정책 방향을 위한 내용을 도출하고자 한다.

2. 이론적 배경

2.1. 사회적 경제의 이해

사회적 경제는 산업혁명 이후 산업자본주의와 기존 경제학의 비판적 시각에서 비롯되었다고 볼 수 있다. 이는 사회주의적 자본주의로까지 포괄하여 1945년부터 1975년에 이르는 동안 서양의 복지국가의 등장이 자본주의 측면에서 민간과 공공이라는 두 부문에서 주도되는 사회적 경제의 변화를 발생시킨 것으로 알려졌다.

자본주의 체제의 경제적 위기에 따른 대량실업은 복지국가의 재정부담 요인이 되었고 사회적 붕괴의 위험이 대두되었다. 결국, 2000년대에 이르러 고용창출과 사회서비스 환경에 대한 새로운 적응을 위한 시민사회 운동으로 사회적 경제가 출현하게 되었다.

2008년 미국에 리먼쇼크라는 금융위기의 발생으로 금융자본주의에 대한 위기의식이 팽배했다. 이에 따라 생산적 복지 개념이 출현하였고 자본주의 4.0 등이 대두되었다. 기존의 보편적 가치가 사회발전을 유지시킬 수 있다는 새로운 체제적 자본주의 등장을 가리킨다. 빈곤에 대한 분배를 둘러싼 사회적 관계 속에서 경제나 문화적 측면의 사회적 배제로 확장하는 것에 대한 대안으로 사회적 경제가 대두된 것이다. 한국도 2006년 사회적 기업 육성법 제정안이 국회에서 통과되었고, 2007년부터 시행되어 사회적 기업을 지정, 인증하는 시스템으로 현재 추진 중이다.

사회적 경제를 보는 관점은 두 가지로 구별된다. 첫째, 소극적 관점에서 볼 때 시장실패와 정부 실패의 보완으로 보는 시각이다. 정책에 따라서는 신자유주의를 표방하고 국가의 역할이 감소하고 국가의 기능에 대하여 취약계층을 돌보는 관리 기능을 강조하는 태도이다. 둘째, 적극적인 관점으로 빈곤과 사회적 불공정의 문제를 해결하는 것이다. 이는 신자유주의 대안인 경제적 체제의 변화와 자본주의의 단점을 보완하는 견해이다.

2.2. 한국의 문화예술분야 사회적 경제

문화예술진흥법 제2조 제1항의 1에서 '문화예술이란 문학, 무용, 연극, 영화, 음악, 연예, 국악, 사진, 응용미술을 포함한 미술, 건축, 어문, 출판 및 만화를 지칭한다.' 라고 정의하였다. 동법의 제2조 제1항의 2에서는 문화산업을 문화예술의 창작물 또는 문화예술용품을 산업수단에 의하여 기획하고 제작하여 공연과 전시 및 판매하는 것을 업으로 하는 것으로도 정의했다.

앞의 정의에 따르면 문화예술의 기본적 속성은 '창작성'과 '원천성'이라고 할 수 있다. 또한, 문화산업 발전을 위한 문화산업기본법에서는 문화산업을 '문화상품의 기획과 개발, 제작과 생산 및 유통과 소비 등에 관련된 서비스를 하는 사업'으로 정의하고 있다.

본 연구에서는 문화산업에서의 가치 사슬을 좀 더 세분화하여 명시한 문화산업진흥기본법을 반영하여 문화예술 분야 사회적 경제 조직의 가치사슬 안에서 배리어프리와 장애인에 대한 인식실태를 분석하고자 한다.

예술경영지원센터(2019)의 '문화예술 사회적 경제 조직 실태조사'에 따르면, 문화예술분야의 사회적 경제 조직들이 필요로 하는 특화된 금융 · 투자확대의 비율은 45.1%, 문화예술 분야의 사회적 경제 기준에 대한 필요성의 비율은 40.8%, 문화예술 분야에 맞는 성과지표 개발은 31.1%로 나타났다. 즉 문화예술분야의 사회적 경제 조직들은 문화예술이 창출하는 사회성과 지표, 그리고 창출된 사회성과에 대한 평가와 이에 기반한 투자 및 지원확대를 희망하고 있다. 그러나 사회성과를 측정하는 지표 및 방법론은 국내외 학계 및 기관에서 개별적으로 추진되고 있으나 아직까지 충분히 통합되거나 정리되어 있지 않다. 특히 문화예술분야의 특성에 맞는 방법론에 대한 연구는 여전히 부족한 실정이다.

즉 조직의 사업만으로는 손실이지만, 정부 보조금에 의존해 운영할 수밖에 없는 실정이다. 정부 보조금은 지역형 예비사회적 기업, 소셜벤처가 높고, 기부 · 후원금은 사회적 협동조합이 높으며 '투자금'은 소셜벤처가 높다. 특히 이처럼 지원사업 현황을 살펴보면 문화예술분야 사회적 기업들은 대부분 영세한 상황이며, 비교적 성공사례로 꼽히는 기업들 역시 매출액 규모가 10억~30억 내외로 그 이상은 확장하지 못하고 머물러 있어 이들을 성장시킬 수 있도록 인큐베이션 및 스케일업 지원이 필요하다.

2.3. 대전광역시 도시재생사업

도시쇠퇴문제의 심화와 도시재생 추진사업의 필요성에 따라 2013년 6월 4일 「도시재생 활성화 및 지원에 관한 특별법」제2조 1항 2호로 제정된 후 2013년 12월 5일 시행되었다. 근거법은 도시재생특별법이다. 이는 도시재생을 종합적이고 계획적이고 효율적으로 추진하기 위한 도시재생과 국가도시재생의 기본 방침 위에 수립되었다.

도시재생특별법은 국민의 행복한 경쟁력으로 도시를 재창조하는 비전으로 5대 목표를 제시했다. 일자리 창출 및 도시경쟁력 강화를 통하여 국민의 삶의 질 향상은 물론 생활복지를 구현하고, 쾌적하고 안전한 정주환경을 조성하는 것이다. 이는 지역 정체성의 기반이 되는 문화가치, 경관회복, 주민역량 강화와 공동체 활성화의 기반을 구축하는 것이다.

임영언, 유근준(2019)은 한국적인 도시재생사업을 영국의 근린지역의 빈곤대책과 일본의 공동체 재건 및 마을만들기의 융합적인 측면이 강하다고 보았다.

2017년 대전광역시는 도시재생과 도시균형발전이라는 거대 담론이 시작되었다. 이러한 주요 논의를 통하여 옛 충남도청사 부지 매입비 일부 확보, 원도심 근대문화예술특구지정, 도시재생 뉴딜사업 공모 선정 등 원도심 활성화와 도시균형발전을 도모할 수 있는 근거를 마련하였다.

2018년 대전광역시는 그동안 추진했던 도시재생사업의 가시적 성과도출을 통해 도시경쟁력을 높였고, 주민과 함께 지속 가능한 도시재생사업을 추진했다. 그 사이에 정책환경도 많이 변했다. 옛 충남도청사 활용과 중앙로 프로젝트 등 원도심 활성화에 대한 기대감이 상승했고, 새 정부 국정과제인 도시재생 뉴딜사업 2차년도 사업의 본격 시행으로 탄력받은 도시 정비 관련 법령 제정 · 개정으로 사업유형 단순화 및 정비사업 규제 완화, 그리고 근대문화유산을 활용한 문화재생의 지속 추진이 가속화되었다.

2018년에는 지역 콘텐츠를 활용한 원도심 활성화를 추진하는 것이 더해졌고, 도시재생 뉴딜사업과 연계하여 도시재생전략계획으로 조정되었다. 특히 중앙로 마중물 사업이 본격적 추진을 통해 궤도에 올랐고, 수요자 중심의 도시정비사업의 지속 추진을 통해 정책 방향성이 전환되었다. 이에 따라 도시재생사업은 사회적 자본 확충과 공동체 활성화 사업을 통해 사회적 관계망을 형성하고 공동체의 사회적 가치를 증진하고자 하는 노력이 필요하였다.

2.4. 테미오래

테미오래는 대전광역시 중구 대흥동에 위치한 옛 충청남도지사 공관을 포함, 공무원 관사로 사용되었던 과거의 관사촌으로 불리워진 밀집 건물이다. 테미오래는 관사촌의 마을 이름이며 '테미로 오라'와 '테미의 오래된 역사'의 의미를 가진다.

현재 대전광역시는 도시재생본부를 통하여 국가적 차원의 도시재생 뉴딜사업의 성공을 위해 다양한 사업들을 추진하는 중이다. 그중에 공공기관 민간단체의 협업 사례로 테미오래 사업을 들 수 있다. 테미오래 사업의 법률적 근거로는 「대전광역시 테미오래 설치 및 운영 조례」가 있다. 이 중에서 「대전광역시 테미오래 설치 및 운영 조례」 제7조 및 「대전광역시 사무의 민간 위탁 촉진 및 관리 조례」 제5조에 따라 공모사업을 통한 민간 위탁사업으로 '테미오래' 운영 선정에 따른 조사연구 및 위탁사무로 테미오래 운영 전반을 담당하고 있다. 이에 위탁대상의 시설 및 장비, 비품 등 물품의 재산관리와 운영을 포함한다.

테미오래를 통해서 원도심 재생사업을 위한 프로그램 및 콘텐츠 개발과 도시재생 및 지역 문화예술을 통한 역량강화 프로그램 개발과 역사문화자원의 활용을 위한 운영 수탁에 관한 공모를 통해 테미오래 민간수탁을 선정하였다. 이는 근대문화예술 특구의 활성화를 통한 원도심 성장의 동력을 구축하고 원도심 활성화를 위한 도시균형발전과의 연계성을 이루는 계기가 되었다. 그로 인하여 지역주민과 함께하는 대전역 주변 재생프로젝트 추진을 이룰 수 있었다. 또한, 테미오래 수탁사업은 시민참여로 이루어지는 원도심 콘텐츠를 제작하고 시민들의 문화예술 향유를 지원하는 프로그램도 제작되었다.

본 연구에서는 테미오래 사업에 선정된 사회적 경제 조직과 타 사회적 경제 조직들의 사회적 가치와 사회적 함의를 바탕으로 배리어프리에 관련된 이해와 장애인에 대한 인식의 현황을 파악하고자 한다.

이는 그동안 대전시에서 추진해 온 도시재생과 도시균형발전이라는 활성화 사업에 대한 사회적 경제 조직들의 장애인 인식개선을 통한 사회적 가치 창출 방안을 제시하는 데 있다.

3. 연구 방법

본 연구는 도시재생사업에 참여하고 있는 사회적 경제 조직 구성원들과 마을주민들의 장애인에 대한 인식을 유형화하는 데 그 목적을 두고 있다.

또한, 주관적 인식유형을 세 가지로 분류하여, 참여자들 간에 인식의 차이로 인한 갈등을 줄이고 대전광역시 도시재생사업 관련 테미오래 사업추진을 위해 보다 발전적 방안을 모색하고자 한다.

본 연구에서는 Q-방법으로 테미오래 도시재생사업에 참여한 사회적 경제 조직들의 장애인에 대한 인식유형을 찾아내어 그에 따른 유형별 특징 및 차이점과 공통점을 제시하고자 한다.

3.1. Q방법론

kim(1985)에 의하면 Q-방법론은 양적 연구에서 사용하는 측정 도구나 규격적인 척도 등을 사용하지 않고 사람의 태도와 사고 그리고 행동과 인격 및 사회적 상호작용과 자기자신 또한 정신분석기전과 다른 사람에 대한 객관성은 물론 자신에의 주관성을 과학적으로 연구할 수 있는 방법이라 한다.

R-방법론은 기존의 방법론을 통칭하는 Pearson Correlation의 'r'에서 유래하였다. 방법론적 특성은 R 연구에서는 변인이 측정항목이나 자극이라면 Q-연구에서는 변인이 사람이라는 점이다. R-방법론에서는 모집단의 모든 대상자들이 객관적이다. 이는 측정될 수 있는 속성이나 특성에 대한 관심을 가진다는 것이고 이를 전체라고 하는 것이 부분의 합으로 생각한다. 이러한 현상을 쪼개어 분석하는 것이다.

그러나 Q-방법론은 현상을 총체적인 반응으로 이해하며 지극히 주관적이며 쪼개어 분석할 수 없다는 것이다. 따라서 R-방법이 사건의 발생이라면, Q-방법은 과정이다. R-방법이 표본 간의 점수 차로 사람들이 가지고 있는 변인의 속성에서 개인차를 반영한다는 이론에 의존한다면, Q-방법론은 진술문 간의 점수 차로 그 사람에게 있어 진술문들이 갖는 중요도의 차이를 분석하는 것이다. 즉 의미성에 있어서 개인간의 차이에 근거한다. 김흥규(1990)는 Q-방법론은 유형을 찾아내는데 그 의미가 있기 때문에 R-연구에서의 변량이 갖는 의미와는 다르다고 밝혔다.

따라서 충분한 Q-진술문으로부터 Q-유형을 찾아내어 그것을 해석하고 그 유형에 속한 사람들의 일반적인 속성을 추가로 고려한다면 특정인을 위한 사회적 경제 조직 구성원들의 장애인 인식현황은 자연스럽게 도출될 수 있다고 보았다.

본연구에서는 대전광역시 도시재생 관련 테미오래 사업에 대한 사회적 경제 조직 구성원들의 장애인 인식에 대한 주관성을 연구했는데 행위자의 관점과 인간 행위의 주관성에 대한 강소를 중시하는 Q-방법론의 철학과 일치하는 측면이 있었기 때문이다.

3.2. 연구대상 및 자료수집 방법

본 연구에서는 그 지역에서 관련된 사업에 종사하는 전문가 및 도시재생사업의 주체인 사회적 경제 조직의 대표와 지역민들을 연구대상자로 선정하였다. 설문조사에는 총 15명이 참여하였다. 응답자들은 여성 7명, 남성 8명이고 그중, 장애인은 2명 비장애인은 13명으로 구성되었다.

성별 비율로는 50대가 남자 2명 여자 3명이 참여한 총 5명, 60대가 남자 2명 여자 1명으로 총 3명, 40대가 남자 3명 여자 2명 등 총 5명, 20대가 남자 1명 여자 1명으로 총 2명 등이다.

3.3. 자료분석

응답자 15명을 대상으로 23문항 7점 척도로 구성된 설문지에 응답하도록 조사한 후 설문지를 회수해서 코딩을 실시하였다. 응답자들의 연령과 장애유무, 조사환경을 종합적으로 고려하여 비강제 분류를 실시하였다.

분석에서 구분된 각 유형들은 정해진 주제를 가진 진술문에 대한 관점을 보여준다. 따라서 각 유형별 해석은 진술문에 기반한 유형 안에서의 공통점과 각 유형 간의 차이점을 알아내는 것이다. 이를 위해 표준점수 절대값이 1 이상인 항목들을 진술문에서 추출하고 이에 대한 비교 및 해석과정을 진행하여 각 유형에 대한 분석을 시행하고자 한다.

응답은 매우 강한 부정인 -3부터 매우 강한 긍정인 +3점까지 선택할 수 있도록 7점 척도로 구성되었다.

Table 1. Q Distribution Plot Score

	Strong Negative	Denial	Weak Negativity	Neutrality	Weak Positive	Positive	Strong Positive
Original score	-3	-2	-1	0	1	2	3
Conversion score	2	3	4	5	4	3	2

3.4. 표본의 특성과 Q표본 진술문

본 연구는 도시재생사업으로 검색된 실증연구와 인터뷰 연구에 정부 정책기관 보고서까지 광범위하게 수집하여 관

Table 2. Q Statement	
No.	Q Statement Contents
1	Urban regeneration projects can provide jobs for the disabled and the vulnerable and provide economic benefits.
2	The Urban Regeneration (temiorae) project is a measure to utilize modern and modern buildings that create and support ordinances in Daejeon Metropolitan City, but there is no Barrier Free function.
3	If Barrier Free function is applied to the urban regeneration project, it can enhance the cultural enjoyment function of the disabled and the non-disabled.
4	It is possible to provide jobs to disabled, non-disabled artists, and the vulnerable in the program following the use of modern and modern buildings in urban regeneration (temiorae)
5	Active social value creation of social enterprises, village enterprises, cooperatives, and professional art organizations is needed for the social participation of the disabled and the vulnerable in the urban regeneration project.
6	Programs utilizing modern and modern buildings and convenience facilities for Barrier Free should be increased more than now.
7	If the urban regeneration (temiorae) project expands the social participation of the disabled, participating organizations and local people can feel uneasy and uncomfortable.
8	The Urban Regeneration (temiorae) project requires a pleasant culture and art space with various convenience and safe facilities in a hollowed-out old city center.
9	The urban regeneration project(temiorae) is more important than the consideration for the disabled.
10	After the urban regeneration project(temiorae), the area has become more uncomfortable to live in than before.
11	The Urban Regeneration project(temiorae) calls for a change in understanding and positive perception of the disabled of local residents and participating organizations as a way to utilize modern and modern buildings.
12	The use of modern and modern buildings with Barrier Free in urban regeneration (temiorae) projects is significant in contributing to the cultural enjoyment of the elderly, women and children as well as the disabled and vulnerable.
13	The Urban Regeneration (temiorae) Project is more actively participated by village companies and social enterprises than by villagers, vulnerable groups, and the disabled.
14	Using modern and contemporary buildings to create diverse cultural and artistic programs for the disabled, vulnerable classes, village seniors and children will help develop the original city center according to social implications.
15	Given the social value of the urban regeneration project(temiorae), it seems to give less meaning to the mobility rights of the disabled or the participation of the underprivileged in cultural enjoyment.

16	The participation of the disabled in the urban regeneration project(temiorae) is to realize social values.
17	I am not sure whether the Urban Regeneration (temiorae) project is implemented as a program utilizing modern and modern buildings to revitalize the original city center.
18	We are well aware that the Urban Regeneration (temiorae) project is a New Deal project based on job creation and social economy targeting the non-disabled, the disabled and the vulnerable.
19	It is well aware that the urban regeneration project(temiorae) does not have Barrier-free function, making it inconvenient for the disabled to move and poor cultural enjoyment and accessibility.
20	Local residents of the original city center hate the wandering of disabled people who want to participate in programs using modern and modern buildings.
21	Participants in the urban regeneration project(temiorae) have never thought about the participation of the disabled.
22	I think there is definitely something that the disabled and the non-disabled can do together in the urban regeneration project and there is a vision that leads to social implications.
23	I think there is definitely something that the disabled and the non-disabled can do together in the urban regeneration project and there is a vision that leads to social implications.

련 키워드들을 추출하였으며 최종적으로 이를 중심으로 23문항을 선정하였다. 질문 문항을 개발한 다음 긍정과 중립 그리고 부정으로 응답문항의 수가 균형을 이룰 수 있도록 진술문의 일부를 부정문으로 수정하였다.

Q-표본을 개발하기 위해서 지역에서 관련된 사업에 종사하는 전문인을 비롯하여 도시재생사업의 주체인 사회적 경제조직의 대표들과 지역민들을 연구대상으로 사전인터뷰부터 진술문까지 차례대로 진행하였다. 대전광역시 도시재생사업인 '테미오래 사업에 배리어프리를 어떻게 생각하십니까?' 라는 질문과 함께 판단이 중요시되는 부분에 대해서는 추가 질문으로 이어졌다. 인터뷰는 두명의 사회복지 전문가와 도시건축 전문가가 진행하였고, 비장애인 13명, 장애인 2명 총 15명으로 2020년 11월 15일에 조사를 실시하였으며

각각 평균 1시간 30분 정도의 시간이 소요되었다.

수집된 진술문은 Q방법 프로그램으로 국제주관성학회에서 사용이 권장되고 있는 STATA qfactor프로그램으로 분석했으며 분석 방법으로는 주성분 분석(principle component analysis) 배리맥스(varimax)방법을 사용했다.

총 15명의 응답자 중 장애인은 2명, 비장애인은 13명이다. 직업으로는 전문가, 직업인, 학생, 주부이고 연령대로 20대에 남자 1명 여자 1명, 40대에 남자 3명 여자 2명 그리고 50대 남자 2명 여자 3명, 60대에 남자 2명 여자 1명이다.

4. 연구분석결과

4.1. P표본 : 인구 통계학적 특성

유형별 인구통계학적 특성을 살펴보면 제1유형은 총 6명으로 직업은 전문인 2명, 직업인 4명 연령대는 50대 3명 60대가 3명이고 모두 비장애인이며 성별로는 여자 4명 남자 2명이었다. 요인 가중치로 제1유형은 0.323, 0.206, 0.144, 0.085, 0.050, 0.028 등으로 나타났다.

제2유형은 총 5명으로 직업은 학생 3명 직업인 1명 주부 1명이다. 연령대는 20대 1명, 40대 3명, 50대 1명이고 장애인은 2명이며 성별로는 여자 2명 남자 3명으로 요인 가중치는 5.132, 1.504, 0.909, 0.644, 0.426으로 분석되었다.

제3유형은 총 4명으로 직업은 학생 1명 직업인 3명이다.

Table 3. demographic characteristics						
type	ID	occupation	Age group	Gender	Disability classification	Factor weight
Type 1 (6 people)	10	Expert	50대	woman	Non-disability	0.323
	11	office worker	50대	woman	Non-disability	0.206
	12	office worker	50대	woman	Non-disability	0.144
	13	office worker	60대	woman	Non-disability	0.085
	14	Expert	60대	man	Non-disability	0.050
	15	office worker	60대	man	Non-disability	0.028
Type 2 (5 people)	1	mature student	20대	woman	Non-disability	5.132
	3	office worker	40대	man	Non-disability	1.504
	6	homemaker	40대	woman	disability	0.909
	7	mature student	40대	man	disability	0.644
	9	mature student	50대	man	Non-disability	0.426
Type 3 (4 people)	2	mature student	20대	man	Non-disability	2.444
	4	office worker	40대	man	Non-disability	1.408
	5	office worker	40대	woman	Non-disability	1.151
	8	office worker	50대	man	Non-disability	0.547

연령대는 20대 1명 40대 2명 50대 1명이고, 모두 비장애인이며 성별로는 남자 3명 여자 1명이다. 요인 가중치는 2.444, 1.408, 1.151, 0.547로 확인되었다.

4.2. 진술문에 따른 장애인 참여 인식 3가지 유형 분석

사회적 경제의 도시재생 관련 문화예술분야의 장애인에 대한 인식현황에 대한 진술문 조사분석 결과에 따르면, 총 세 가지 유형으로 분류되었다. 본 연구에서는 제1유형을 도시재생사업의 장애인 참여 권장형, 제2유형을 도시재생사업의 장애인 포함 취약계층 참여 권장형, 제3유형 도시재생사업의 장애인 · 취약계층과 지역주민 참여 권장형 등의 세 유형으로 나누고 이를 도시재생사업을 물리적 환경 개선사업으로 인식하는 유형이라고 분류하였다.

4.2.1. 유형별 고유값과 변량

다음 〈Table 4〉의 고유값과 변량에 따르면 제1유형의 고유값은 3.879이고 제2유형은 2.670, 제3유형은 2.530이었다. 요인별 변량은 제1유형은 0.259, 제2유형은 0.178, 제3유형은 0.169이다. 누적변량은 제1유형은 0.259, 제2유형은 0.437, 제3유형은 0.605이었다.

Table 4. eigenvalues and Variance of the type

	Type1	Type2	Type3
eigenvalues	3.879	2.670	2.530
Variance	0.259	0.178	0.169

4.2.2. 요인별 상관관계

아래 〈Table 5〉의 제1유형과 제2유형의 요인별 상관관계는 0.270이고 제1유형과 제3유형의 요인별 상관관계는 0.349이었다. 그리고 제2유형과 제3유형의 요인별 상관관

Table 5. Correlation Coefficient Between Types

	Type1	Type2	Type3
Type1	1.000	0.270	0.349
Type2		1.000	0.311
Type3			1.000

계는 0.311이었다.

4.3. 장애인 참여 인식 3가지 유형의 특성

4.3.1. 제 1유형: 도시재생사업의 장애인 참여 권장형

〈Table 6〉의 제1유형 표준점수 절대값 1이상 진술문에 따르면 제1유형은 도시재생사업의 장애인 참여 권장형으로 인식하고 있는 집단이다. 이들은 도시재생사업의 장애인 참여를 적극적으로 권장하고 있는 것으로 나타났다.

Table 6. Type 1 Statement of the absolute value of 1 or more standard score

No.	Statement	Standard Score
15	Given the social value of the urban regeneration project(temiorae), it seems to give less meaning to the mobility rights of the disabled or the participation of the underprivileged in cultural enjoyment.	1.630
11	The Urban Regeneration project(temiorae) calls for a change in understanding and positive perception of the disabled of local residents and participating organizations as a way to utilize modern and modern buildings.	1.340
22	I think there is definitely something that the disabled and the non-disabled can do together in the urban regeneration project and there is a vision that leads to social implications.	1.310
2	The Urban Regeneration (temiorae) project is a measure to utilize modern and modern buildings that create and support ordinances in Daejeon Metropolitan City, but there is no Barrier Free function.	1.280
16	The participation of the disabled in the urban regeneration project(temiorae) is to realize social values.	1.070
10	After the urban regeneration project(temiorae), the area has become more uncomfortable to live in than before.	-1.010
23	I think there is definitely something that the disabled and the non-disabled can do together in the urban regeneration project and there is a vision that leads to social implications.	-1.110
1	Urban regeneration projects can provide jobs for the disabled and the vulnerable and provide economic benefits.	-1.410

반면, 도시재생사업인 테미오래 사업을 사회적 가치 측면에서 볼 때 장애인의 이동권이나 문화향유, 소외계층의 참여에는 관심이 적은 것으로 나타났다(Q15). 표준점수는 1.630점이다. 한편 도시재생(테미오래)사업은 근현대건축물 활용방안으로 지역주민과 참여 단체의 장애인에 대한 이해와 긍정적 인식의 변화가 필요하며(Q11) 장애인과 소외계층의 이해에 따른 사업의 성패로 인식하는 경향이 있었다. 표준점수는 1.340점이다.

도시재생(테미오래)사업에 장애인과 비장애인이 함께 할 수 있는 일이 분명히 있고 사회적 합의를 이끌어내는 비전이 있다고 생각한다(Q22)는 인식현황에 따른 기대효과였다. 표준점수는 1.310점이다. 도시재생(테미오래)사업은 대전광역시에서 조례를 만들고 지원하는 근현대건축물 활용방안인데 배리어 프리 기능이 없다(Q2)고 하는 항목은 도시재생 프로그램에 배리어 프리 기능이 문화향유 기능을 배가할 수 있는 것으로 인식하였다. 표준점수는 1.280점이다.

도시재생(테미오래)사업에 대한 장애인 참여는 사회적 가치를 실현하는 일이다(Q16)에 대한 항목에서는 도시재생사업에 대해 부정적인 내용으로 인식하였다. 표준점수는 1.070점이다. 도시재생(테미오래)사업 후 지역이 예전보다 생활하기 불편해졌다.(Q10)은 도시재생사업 때문에 정신적 스트레스가 늘어났다는 진술문에 대해서도 반대의사를 분명히 밝힘으로써 도시재생으로 인해 발생할 수 있는 문제에 대한 이견을 분명히 하고 있었다. 표준점수는 -1.010점이다.

도시재생(테미오래)사업보다는 기술학교를 활성화해서 장애인들에게 기술을 가르쳐 지역의 실업을 줄이고 원도심 공동화를 막아야 한다고 생각한다(Q23)는 항목은 원도심 공동화에 대한 대응책으로 장애인에 대한 배려를 하지 않고 그에 따른 제조업이나 상업지구화 해야 한다는 지역민들의 장애인 인식정도에 대한 진술문에 대한 부정적 태도를 나타내고 있었다. 표준점수는 -1.110점이다.

4.3.2. 제 1유형과 타 유형 간의 비교

도시재생(테미오래)사업은 장애인과 취약계층에게 일자리를 제공하고 경제적인 혜택을 줄 수 있다. (Q1)은 사회적 경제 측면에서 도시재생에서는 장애인에 대한 인식이 가장 크게 부정적인 태도를 나타내고 있었다. 표준점수는 -1.410점이다.

〈Table 7〉의 제1유형과 타 유형 간의 비교를 살펴보면, 도

Table 7. Comparison between Type 1 and Type 1

No.	Q Statement Contents	Type1	Other type mean	Difference
15	Given the social value of the urban regeneration project(temiorae), it seems to give less meaning to the mobility rights of the disabled or the participation of the underprivileged in cultural enjoyment.	1.46	1.05	1.66
13	The Urban Regeneration (temiorae) Project is more actively participated by village companies and social enterprises than by villagers, vulnerable groups, and the disabled.	1.15	0.59	0.76
1	Urban regeneration projects can provide jobs for the disabled and the vulnerable and provide economic benefits.	1.26	0.72	0.69
3	If Barrier Free function is applied to the urban regeneration project, it can enhance the cultural enjoyment function of the disabled and the non-disabled.	1.42	0.88	0.57

시재생(테미오래)사업을 사회적 가치 측면에서 보았을 때 장애인의 이동권이나 문화향유 소외계층의 참여에는 의미를 적게 부여하는 것 같다(Q15). 라는 진술문에 대해서 제1유형은 1.630점으로 높고 타 유형 평균은 10.700점으로 2.333의 차이를 보이며 장애인의 참여에 대한 인식이 높고, 긍정적인 태도를 나타내고 있다. 그기타 도시재생(테미오래)사업은 마을주민, 취약계층, 장애인보다 마을기업이나 사회적 기업들이 더 적극적으로 참여하고 있다(Q13)며 제1유형이 -0.861이었고, 타 유형 평균이 0.222로 -1.004 차이가 나타났는데, 도시재생사업에 사회적 경제 시각의 접근이 활발하다는 것에 대한 동의가 부정적인 것으로 나타났다. 도시재생(테미오래)사업은 장애인과 취약계층에게 일자리를 제공하고 경제적인 혜택을 줄 수 있다. (Q1)의 제1유형은 -1.410이었고, 타 유형 평균이 -0.040로 차이는 -1.375으로 아주 강하게 부정하는 것으로 나타났다. 도시재생(테미오래)사업에 배리어프리 기능을 접목하면 장애인과 비장애인의 문화향유 기능을 높일 수 있다.(Q3)은 도시재생프로그램에 배리어프리 기능이 문화향유 기능을 배가 할 수 있다는 것에 대한 부정적 인식을 나타냈다.

이상과 같이 제1유형은 도시재생사업에 장애인이 참여하는 것을 권장해야 한다고 인식하고 있는 이들이다. 또한 이 집단에 속한 이들은 장애인에 대한 도시재생사업 참여에 부정적 인식을 가지고 있다. 따라서 이 집단에 속한 이들은 경제적인 활성화에 대한 도움이 될 수 있는 부문에 대해 최대한으로 긍정적인 동시에 장애인의 사회참여에 대해서는 부정하거나 회피하려는 경향을 보였다. 부정하거나 회피하는 것은 희망과 현실사이에서 겪게 되는 부조화를 없앨 수 있기 때문이다. 같은 원도심에서 살고 같은 현실을 경험하면서도 응답이 다른 것은 이 때문일 수 있다. 예를 들어 배리어프리가 꼭 장애인만을 위한 것이 아님에도 불구하고 인식과 이해 때문에 장애인에 대한 편견이 현실에 대해서는 장애인에 대한 사회참여에 대한 의식이 다른 유형에 속한 이들의 참여보다는 유형1에 속하는 이들은 왜곡하려는 경향이 나타났다.

4.3.3. 제 2유형 : 도시재생사업의 장애인 포함 취약계층 참여 권장형

〈Table 8〉을 보면 제2유형에서는 도시재생사업에 장애인 참여 뿐만 아니라 취약계층 참여도 권장하는 결과로 나타났다. 이는 도시재생사업에 장애인과 취약계층의 참여를 공동체 재건사업으로 인식하는 경향이 높게 나타났다. '도시재생(테미오래)사업에 장애인과 비장애인, 취약계층의 사회참여를 위해 사회적 기업, 마을기업, 협동조합, 전문예술단체의 적극적인 사회적 가치창출이 필요하다(Q5).' 라는 항목의 표준점수는 1.600점, '진술문과 도시재생(테미오래)사업에 배리어프리 기능을 접목하면 장애인과 비장애인의 문화향유 기능을 높일 수 있다(Q3).' 라는 항목의 표준점수는 1.570점, '도시재생(테미오래)사업은 대전광역시에서 조례를 만들고 지원하는 근현대건축물 활용방안인데 배리어프리 기능이 없다(Q2).' 라는 항목의 표준점수는 1.470점, '도시재생(테미오래)사업은 장애인과 취약계층에게 일자리를 제공하고 경제적인

Table 8. Type 2 Statement of the absolute value of 1 or more standard score		
No.	Statement	Standard Score
5	Active social value creation of social enterprises, village enterprises, cooperatives, and professional art organizations is needed for the social participation of the disabled and the vulnerable in the urban regeneration project.	1.600
3	If Barrier Free function is applied to the urban regeneration project, it can enhance the cultural enjoyment function of the disabled and the non-disabled.	1.570
2	The Urban Regeneration (temiorae) project is a measure to utilize modern and modern buildings that create and support ordinances in Daejeon Metropolitan City, but there is no Barrier Free function.	1.470
1	Urban regeneration projects can provide jobs for the disabled and the vulnerable and provide economic benefits.	1.240
6	Programs utilizing modern and modern buildings and convenience facilities for Barrier Free should be increased more than now.	1.050
18	We are well aware that the Urban Regeneration (temiorae) project is a New Deal project based on job creation and social economy targeting the non-disabled, the disabled and the vulnerable.	-1.280
21	Participants in the urban regeneration project(temiorae) have never thought about the participation of the disabled.	-1.290
10	After the urban regeneration project(temiorae), the area has become more uncomfortable to live in than before.	-1.600
7	If the urban regeneration (temiorae) project expands the social participation of the disabled, participating organizations and local people can feel uneasy and uncomfortable.	-1.640

혜택을 줄 수 있다(Q1).' 라는 항목의 표준점수는 1.240점, '도시재생(테미오래)에 근현대건축물을 활용한 프로그램과 배리어프리를 위한 편의시설이 지금보다 더 늘어야 한다(Q6).' 라는 항목의 표준점수는 1.050점으로 나타났다.

한편 '도시재생(테미오래)사업은 비장애인과 장애인 그리고 취약계층을 대상으로 하는 일자리 창출과 사회적 경제를 바탕으로 한 뉴딜사업임을 잘 알고 있다(Q18)' 라는 항목의 표준점수는 -1.200점으로 테미오래 사업이 도시재생으로 근현대건축물을 활용한 문화예술사업이라는 것에 대한 인식의 부족함을 나타냈다. 도시재생(테미오래)사업에 해당 참여자들은 장애인이 참여하는 것을 생각해 본 적이 없다(Q21). 라는 항목의 표준점수는 -1.290점으로 도시재생 담당자들이 장애인 참여에 관련한 인식 정도가 미흡한 것으로 나타났다. 도시재생(테미오래)사업 후 지역이 예전보다 생활하기 불편해졌다(Q10). 라는 항목은 -1.600점으로 도시재생사업에 부정적 인식이 강하게 나타났다. 도시재생(테미오래)사업이 장애인들의 사회참여를 확대할 경우 참여단체나 지역민들이 불안하고 불편한 감정을 갖게 할 수 있다(Q7).라는 항목의 표준점수는 -1.640점이었다. 도시재생사업의 장애인에 대한 배려와 인식의 정도가 매우 부정적인 것으로 나타냈다. 이들 유형에 속한 마을 구성원들은 장애인과 여성이나 노인과 아동 등 취약계층에 노출된 삶의 질에는 관심이 없으며 소수 취약계층의 행복과 안정을 위한 물리적 환경, 즉 도시재생에 대해서는 현재 매우 불만이 높은 것으로 나타났다.

4.3.4. 제 2유형과 타 유형간의 비교

제2유형과 타 유형 간의 비교를 살펴보면 도시재생(테미오래)사업은 장애인과 취약계층에게 일자리를 제공하고 경제적인 혜택을 줄 수 있다(Q1)는 항목은 사회적 경제 측면의 장애인과 취약계층에 대한 진술문으로 제2유형은 1.240이고 타 유형 평균은-1.360으로 차이는 2.600이었으며 이에 강하게 동의하는 것으로 나타났다. 도시재생(테미오래)사업에 배리어프리 기능을 접목하면 장애인과 비장애인의 문화향유 기능을 높일 수 있다(Q3). 라는 항목은 도시재생사업에 장애인과 비장애인 예술인, 그리고 취약계층 일자리 창출은 사회공헌 사업이 가능하다라는 질술문으로 제2유형은 1.570이고, 타유형 평균은 -0.161으로 차이는 1.731이었으며 강하게 동의하고 있는 것으로 나타났다.

〈Table 9〉에서 본 바와 같이 도시재생(테미오래)에 근현대 건축물을 활용한 프로그램과 배리어프리를 위한 편의시설이 지금보다 더 늘어야 한다(Q6). 라는 항목은 근현대건축물에 배리어프리 기능을 확장해서 장애인의 접근성을 높이고 노약자, 임산부, 아동 등의 편의시설을 확장해야 한다는 진술문으로 제2유형은 1.050이고 타유형 평균은 -0.019이었다. 차이는 1.069로 타 유형과 비교해서 큰 차이가 없다. 도시재생(테미오래)사업에 장애인과 취약계층의 사회참여를 위해 사회적 기업, 마을기업, 협동조합, 전문예술단체의 적극적인 사회적 가치 창출이 필요하다(Q5). 라는 항목은 도시재생사업에 사회적 가치 참여와 다양성과 장애인과 취약계층 일자리창출을 돕는 사회적 가치창출사업이 필요하다는 진술문으로 제 2유형은 1.600이고 타 유형 평균은 0.534이고 차이는 1.066으로 나타났다.

이러한 결과가 나타나는 이유는 제2유형에 속하는 이들은 도시재생사업의 장애인 참여에 대하여 높은 관심을 보여주고 있다는 것이다. 이들은 장애인 참여와 도시재생사업에 배리어 프리 인식과 관련하여 사회적 이익의 다양성을 중시하고 경제적 이익을 위한 부정적 태도를 취하기도 하는 집단이다. 따라서 이들의 입장에서는 공동체 삶에서의 경험 가능한

Table 9. Comparison between Type 2 and Type 2				
No.	Q Statement Contents	Type2	Other type mean	Difference
1	Urban regeneration projects can provide jobs for the disabled and the vulnerable and provide economic benefits.	1.240	-1.360	2.600
3	If Barrier Free function is applied to the urban regeneration project, it can enhance the cultural enjoyment function of the disabled and the non-disabled.	1.570	-0.161	1.731
6	Programs utilizing modern and modern buildings and convenience facilities for Barrier Free should be increased more than now.	1.050	-0.019	1.069
5	Active social value creation of social enterprises, village enterprises, cooperatives, and professional art organizations is needed for the social participation of the disabled and the vulnerable in the urban regeneration project.	1.600	0.534	1.066
18	We are well aware that the Urban Regeneration (temiorae) project is a New Deal project based on job creation and social economy targeting the non-disabled, the disabled and the vulnerable.	-1.280	-0.020	-1.260
15	Given the social value of the urban regeneration project(temiorae), it seems to give less meaning to the mobility rights of the disabled or the participation of the underprivileged in cultural enjoyment.	-0.769	0.497	-1.266
22	I think there is definitely something that the disabled and the non-disabled can do together in the urban regeneration project and there is a vision that leads to social implications.	0.332	1.610	-1.278
19	It is well aware that the urban regeneration project(temiorae) does not have Barrier-free function, making it inconvenient for the disabled to move and poor cultural enjoyment and accessibility.	-0.748	0.539	-1.287

부정적인 효과를 강조하여 경제적 이익에 앞서 자신들의 입장을 정당화하려는 경향이 있다. 이들은 같은 도시재생사업에서도 외지인에게 의존하는 수익에 대한 기대치보다는 장애인과 취약계층에게 일자리를 제공하고 경제적인 혜택을 줄 수 있다는 것에 대해서 긍정적으로 높이 평가하고 있다.

4.3.5. 제 3유형 : 도시재생사업의 장애인 취약계층과 지역주민 참여 권장형

제3유형은 도시재생사업의 장애인 · 취약계층과 지역주민 참여 권장에 관련된 필요성을 인식하고 있었다.이 유형에 속한 응답자는 '도시재생(테미오래)사업에 장애인과 비장애인이 함께 할 수 있는 일이 분명히 있고 사회적 함의를 이끌어내는 비젼이 있다고 생각한다(Q22).' '근현대건축물 활용으로 장애인과 취약계층, 마을 노인과 아이들을 위한 문화예술 프

Table 10. Type 3 Statement of the absolute value of 1 or more standard score

No.	Statement	Standard Score
22	I think there is definitely something that the disabled and the non-disabled can do together in the urban regeneration project and there is a vision that leads to social implications.	1.910
14	Using modern and contemporary buildings to create diverse cultural and artistic programs for the disabled, vulnerable classes, village seniors and children will help develop the original city center according to social implications.	1.670
11	The Urban Regeneration project(temiorae) calls for a change in understanding and positive perception of the disabled of local residents and participating organizations as a way to utilize modern and modern buildings.	1.030
19	It is well aware that the urban regeneration project(temiorae) does not have Barrier-free function, making it inconvenient for the disabled to move and poor cultural enjoyment and accessibility.	1.030
20	Local residents of the original city center hate the wandering of disabled people who want to participate in programs using modern and modern buildings.	-1.030
9	The urban regeneration project(temiorae) is more important than the consideration for the disabled.	-1.270
1	Urban regeneration projects can provide jobs for the disabled and the vulnerable and provide economic benefits.	-1.310
21	Participants in the urban regeneration project(temiorae) have never thought about the participation of the disabled.	-1.390
7	If the urban regeneration (temiorae) project expands the social participation of the disabled, participating organizations and local people can feel uneasy and uncomfortable.	-1.790

로그램을 다양하게 만든다면 사회적 합의에 따른 원도심 발전에 도움이 된다(Q14)'. '도시재생(테미오래)사업은 근현대건축물 활용방안으로 지역주민과 참여 단체의 장애인에 대한 이해와 긍정적 인식의 변화가 필요하다(Q11), '도시재생(테미오래)사업에 배리어프리 기능이 없어 장애인의 이동이 불편하고 문화 향유나 접근성이 떨어지는 것을 잘 알고 있다(Q19). 등 제3유형에 속한 이들은 원도심 발전에 도시재생이 필요하고 근현대건축물 활용에 관련하여 장애인과 취약계층에 대한 일자리 창출과 프로그램이 필요하다는 것에 동의하고 있는 것으로 나타났다.

또한, 도시재생사업에 배리어 프리 기능이 반드시 들어가야 하는 것도 잘 알고 있다.

결국, 이들이 진술문에 동의한다는 것은 사회간접자본에 장애인과 소외계층 참여 및 배리어프리에 대한 인식이 강하게 작용하고 사회간접자본을 투자해야 한다는 도시재생사업에 사회적 경제 조직이 참여해야 한다는 것에 초점을 맞추고 있었다.

4.3.6. 제 3유형과 타 유형간의 비교

제3유형이 타 유형과의 차이를 보이는 질문은 다음과 같다. '근현대건축물 활용한 프로그램에 원도심의 지역민들은 프로그램에 참여하고자 하는 장애인이 돌아다니는 것을 싫어한다(Q20)' '도시재생(테미오래)사업은 장애인에 대한 배려보다는 조용하고 깨끗한 마을 환경이 더 중요하다(Q9).' 등이다.

도시재생(테미오래)사업은 장애인과 취약계층에게 일자리를 제공하고 경제적인 혜택을 줄 수 있다(Q1)', '도시재생(테미오

Table 11. Comparison between Type 3 and Type 3				
No.	Q Statement Contents	Type3	Other type mean	Difference
18	We are well aware that the Urban Regeneration (temiorae) project is a New Deal project based on job creation and social economy targeting the non-disabled, the disabled and the vulnerable.	0.878	-1.099	1.977
14	Using modern and contemporary buildings to create diverse cultural and artistic programs for the disabled, vulnerable classes, village seniors and children will help develop the original city center according to social implications.	1.670	0.226	1.444
19	It is well aware that the urban regeneration project(temiorae) does not have Barrier-free function, making it inconvenient for the disabled to move and poor cultural enjoyment and accessibility.	1.030	-0.350	1.380
13	The Urban Regeneration (temiorae) Project is more actively participated by village companies and social enterprises than by villagers, vulnerable groups, and the disabled.	0.637	-0.526	1.163
22	I think there is definitely something that the disabled and the non-disabled can do together in the urban regeneration project and there is a vision that leads to social implications.	1.910	0.821	1.089
16	The participation of the disabled in the urban regeneration project(temiorae) is to realize social values.	-0.276	0.757	-1.033
15	Given the social value of the urban regeneration project(temiorae), it seems to give less meaning to the mobility rights of the disabled or the participation of the underprivileged in cultural enjoyment.	-0.637	0.431	-1.068
21	Participants in the urban regeneration project(temiorae) have never thought about the participation of the disabled.	-1.390	-0.247	-1.143
1	Urban regeneration projects can provide jobs for the disabled and the vulnerable and provide economic benefits.	-1.310	-0.085	-1.225
2	The Urban Regeneration (temiorae) project is a measure to utilize modern and modern buildings that create and support ordinances in Daejeon Metropolitan City, but there is no Barrier Free function.	-0.121	1.375	-1.496

래)사업에 해당 참여자들은 장애인이 참여하는 것을 생각해 본 적이 없다(Q21).', '도시재생(테미오래)사업이 장애인들의 사회참여를 확대할 경우 참여단체나 지역민들이 불안하고 불편한 감정을 갖게 할 수 있다(Q7).' 등은 대전광역시 도시재생사업인 테미오래 사업에 대해서 부정적인 평가가 높았다. 즉 동의하지 않음으로 현재 처한 물리적 환경을 부정적으로 생각하고 있음을 알 수 있다.

'도시재생(테미오래)사업은 비장애인과 장애인 그리고 취약계층을 대상으로 하는 일자리 창출과 사회적 경제를 바탕으로 한 뉴딜사업임을 잘 알고 있다' (Q18)의 제3유형은 0.878이고 타유형평균은 -1.099로 차이는 1.977이었다. 또한, '근현대건축물 활용으로 장애인과 취약계층, 마을 노인과 아이들을 위한 문화예술 프로그램을 다양하게 만든다면 사회적 함의에 따른 원도심 발전에 도움이 된다' (Q14) 라는 항목은 도시재생사업의 가치에 대한 진술문으로 제3유형은 1.670이고 타 유형 평균은 -0.222이며 차이는 1.444로 나타났다.

도시재생(테미오래)사업에 배리어프리 기능이 없어 장애인의 이동이 불편하고 문화 향유나 접근성이 떨어지는 것을 잘 알고 있다(Q19), 라는 항목은 도시재생(테미오래)사업이 수탁 이후 참여자들의 인식 정도를 묻는 진술문으로 제3유형은 1.030이고 타 유형 평균은-0.350이며 평균값은 1.300이었다.

도시재생(테미오래)사업은 마을주민, 취약계층, 장애인보다 마을기업이나 사회적 기업들이 더 적극적으로 참여하고 있다(Q13). 라는 항목은 도시재생사업에 사회적 경제 시각이

활발하다는 진술문으로 제3유형 값은 0.637이고 타 유형 평균 -0.526이며, 차이는 1.163으로 나타났다.

도시재생(테미오래)사업에 장애인과 비장애인이 함께 할 수 있는 일이 분명히 있고 사회적 합의를 이끌어 내는 비젼이 있다고 생각한다(Q22).라는 항목은 인식현황에 대한 기대효과의 진술문으로 제3유형의 값은 1.910이고 타 유형 평균값은 0.821이며 차이는 1.089로 나타났다. 제3유형이 타 유형과 차이를 드러내는 진술문은 점선을 기점으로 상하로 나누어진 것처럼 긍정과 부정으로 평가하는 결과가 나타났다.

결국, 제3유형과 타 유형 간의 비교에서는 진술문에 응답한 응답자의 의견이 제1유형과 같이 전적으로 우호적이지는 않다는 사실을 나타낸다. 또한, 진술문 내용에 대해 타 유형보다 동의와 비동의가 현재의 물리적 환경에 대한 인식이 부정적임을 알 수 있다.

이러한 결과가 나타나는 것은 제3유형에 속한 이들이 도시재생사업에 대해 물리적인 환경개선사업으로 인식하고 다른 유형과 비교해 볼 때 개인이 직접 누릴 수 있는 환경을 상대적으로 더 중요하게 생각하기 때문일 수 있다.

도시재생사업에 대해 경제 활성화 사업으로 인식하고 있는 이들은 도시재생사업의 장애인 참여에 무관심하고 경제적인 측면에 많이 치중하고 공동체 재건과 도시재생사업에 장애인과 소외계층 참여에 관심 있는 이들은 도시재생사업의 장애인 참여에 관심을 나타냈다. 특히 공동재건 사업을 인식하는 이들은 주민복지의 향상, 즉 플랫폼 구축 자체에 주민들이 다 같이 모여 함께 복합 커뮤니티 공간을 희망하면서 지역의 공동화된 도심의 환경문제까지 확장 시킬 수 있을 것으로 기대하고 있었다.

5. 결론 및 제언

6.1. 결론

본 연구는 사회적 경제를 위한 문화예술분야의 도시재생사업에 대해 지역주민들과 사회적 경제 조직간 인식의 중요성을 강조했다는 점에서 공통점을 가진다. 그러나 집단의 구분을 주민들의 성별 및 연령 등과 같은 인구 사회학적인 요인으로 하고, 조사방식에서 집단별 인식의 평균값을 제시하는 방식을 거부하고 차별성으로 개인 내의 차이에 주목했다.

사회적 경제를 위한 문화예술분야의 도시재생사업에 관련된 장애인 인식의 주관성 연구는 국내에서 지금까지 수행된 바가 없어 직접적인 새로운 점을 제시하기가 어렵다. 그러나 주민들의 특정 지역문제에 대한 기존 주관성 연구들과 마찬가지로 본 연구는 과학적으로 측정한 인간의 주관성의 차이에서 발현되는 다양한 측면들을 고찰하여 효과적인 도시재생사업 수행을 위한 장애인 인식과 장애인 참여, 그리고 도시재생사업에 배리어프리를 포함시켜 사회적 가치 창출과 정책적 시사점을 도출해 낼 수 있을 것이다.

본 연구는 도시재생사업에 직접적으로 참여하고 적극적인 의견으로 개진하는 사회적 경제조직의 구성원들과 전문가,

마을주민 등을 분석대상으로 선정했다. 그리고 이들이 도시재생사업의 장애인 참여에 대해 어떻게 인식하고 있고, 도시재생사업의 배리어프리에 대한 인식은 어느 정도인지를 먼저 고민하였다. 그리고 사회적 합의를 위한 장애인에 대한 인식은 어디까지이며, 사회구성원으로 참여하는 장애인에게 원하는 것이 무엇이고 함께 참여하는 방법은 어떤 방식이 있는지, 그리고 장애인에 대한 부정적 인식이 어떠한 주관성을 가지는지 등 이들 간에 인식의 차이를 Q-방법론을 통해 분석하였다.

분석 결과에 따르면, 제1유형으로 도시재생사업의 장애인 참여 권장형, 제2유형으로 장애인 포함 취약계층참여 권장형, 제3유형으로 도시재생사업의 장애인 · 취약계층과 지역주민 참여 권장형으로 등 세 가지 유형으로 도출하였다.

분석 결과를 바탕으로 하여 지역 주민들의 도시재생에 대한 인식의 차이는 다음과 같이 나타났다. 첫째, 도시재생사업의 장애인 참여 권장형은 도시재생사업을 경제 활성화 사업으로 인식하고 장애인 참여에 대해서는 무관심한 것으로 나타났다. 둘째, 도시재생사업의 장애인 포함 취약계층 참여 권장형으로 이들은 경제적 이익보다는 공동체 재건사업으로 인식하여 도시재생사업을 통해 사회적 가치를 중시하여 목표하는 바가 각각 달랐다. 제2유형인 도시재생사업의 장애인 포함 취약계층 참여 권장형과 제3유형인 도시재생사업의 장애인 · 취약계층과 지역주민 참여 권장형에서 보여준 결과를 살펴보더라도 제1유형인 도시재생사업의 장애인 참여 권장형에 비추어 사회적 경제 이윤부분을 극대화하는 것보다 사회적 가치를 중시하고 있었다. 앞서 기술한 제2유형과 제3유형의 분석결과를 바탕으로 도시재생에 대한 지역 주민 간 인식의 차이를 줄이고, 향후 효과적인 도시재생사업 전략과 실천적 함의를 위해 노력해야 할 것으로 생각된다. 사전 조사를 통해 주민 간의 인식 차이를 줄일 수 있는 가능성과 이 해당사자들의 도시재생 관련 인식을 구체적으로 파악할 수 있었다. 본 연구의 분석결과에 따라 인식유형은 세 가지로 구분되었다. 기타 연구 참여자들의 유형별 일치 항목은 나타나지 않았다. 특히 주민 전체가 크게 만족할 수 있는 도시재생사업 추진을 위해서는 성별 구분 없이 지역주민의 참여가 활성화가 되어야 할 것으로 생각한다.

도시재생사업이 경제적 이익을 위한 활성화 사업으로 인식하는 이들은 도시재생사업에서 이윤추구를 원하며 공동화된 도심의 문화유산 활용이나 장애인과 소외계층들의 일자리 창출과 원도심의 악화된 물리적 환경에 대한 문제에 관심을 가지는 것을 원치 않았다. 반면에 공동체 사업으로 도시재생사업을 인식하는 이들은 테미오래 사업에 대한 역사문화 자원을 활용한 관광과 축제 사업이 마을 구성원들이 갖고 있는 실업과 빈곤 문제를 해결하는데 도움이 된다는 의견에 대해서는 회의적인 자세를 보였다. 이뿐만 아니라 오히려 주거환경 등을 악화시켜 자신들의 정신건강에 부정적인 영향을 미친다고 인식하였다.

따라서 이러한 인식 차이의 정도를 줄이지 않은 상태에서 도시재생사업인 테미오래 사업을 계속 지금처럼 추진할 경우 경제 활성화 사업에 대한 인식집단은 만족할 수 있지만 그만큼 사회적 가치와 사회적 합의를 중요하게 생각하는 공동체 재건을 위한 사업으로 인식하는 집단은 만족하지 못할 가능성이 높다.

이렇게 경제 활성화 사업으로 도시재생사업을 인식하는 이들과 물리적인 환경개선 사업으로 인식하는 사람들 사이에 인식의 차이가 분명하게 드러나고 있다. 도시재생사업인 테미오래 사업을 경제 활성화를 위한 사업으로 인식하는 이들과 낙후된 지역을 위한 물리적인 환경을 개선하는 사업으로 인식하는 이들 모두는 편의시설 확충이 필요하다는 점에서 인식을 같이하고 있지만, 배리어프리에 대한 사회적 가치 사업에 대해서는 부정적으로 인식하는 것으로 나타났다.

따라서 이들 사이에도 가까운 미래에 배리어프리 시설이 누구를 위해서 주로 사용되어야 하는지 도시재생사업 방향에 대한 견해의 차이가 극단적으로 나타날 가능성이 있다. 예를 들면, 교통 인프라를 구축하기 위해 필요한 정비에 대해서 두 집단이 의견을 모으더라도 장애인 접근성을 위한 투자에 이중성이 드러날 수도 있다.

노인이나 임산부 유아들의 접근성을 용이하게 하는 경우에도 경제 활성화 사업으로 인식하는 집단은 이러한 불편을 기꺼이 감내해야 함에도 불구하고 도시재생사업의 장애인 포함 취약계층 참여 권장형으로 나타났다. 반면에 도시재생에 대한 물리적 환경개선으로 이해하는 인식집단은 도시재생사업의 장애인 참여에 대한 관심은 있지만 적극적이지는 않았다. 특히 도시재생사업의 장애인 · 취약계층과 지역주민 참여 권장형은 사회적 가치와 사회적 합의를 중시하는 공동체 재건사업 인식집단 사이에도 차이가 있다. 물리적 환경사업 인식집단처럼 상대적으로 개인주의를 추구하고 있는 것이다. 이들은 도시재생사업으로 받을 수 있는 수혜가 개인적 이기를 원하기 때문에 주민공동체 차원에서 요구하는 이익과 희생에는 관심을 보이지 않았다.

5.2 연구 한계 및 제언

도시재생사업은 낙후된 도심을 막고 새로운 성장동력을 찾아내며 물리적 환경을 개선하는 사업이다. 이에 주민들의 삶의 질이 개선되고 공동화된 도심의 활성화를 가져오기 위해서는 지역주민, 도시재생사업체, 사회적 경제 조직, 지방정부가 상호 협력 또는 협업을 통해 사업성과를 정성적으로 평가할 수 있는 도시재생사업에 대한 주민의 인식과 요구상황을 경청해야 할 것으로 생각된다.

특히 도시재생사업에 장애인 참여가 반영되기 위해서는 주민들의 참여 활성화에 앞서 장애인에 대한 왜곡된 시선과 편견을 버리는 인식의 변화가 우선되어야 한다. 도시재생사업의 계획단계에서부터 지역 주민과 장애인이 함께하는 공동체 의식이 구체적이고 적극적인 인식개선으로 이어지고 정보를 공유하는 것에서부터 소통해야 한다. 또한, 주민들의 의견을 수렴하고 반영하는 양방향의 소통과정이 필요하다. 본 연구는 사회적 경제 조직 구성원과 주민들을 대상으로 대전광역시 도시재생의 문화예술 관련 장애인에 관한 인식현황 연구로 진행하였다. 이에 따른 연구결과는 첫째, 도시재생사업에서 지역주민의 인식을 유형화하고 둘째, 인식의 차이가 드러날 수 있는 지점을 예측하였으며 셋째, 효과적인 도시재생 관련 장애인 인식의 방향을 제시하였다.

물론 주관성 연구의 일반화와 인식현황의 분석만으로는 아쉬움이 남는다. 향후 비장애인의 장애인에 대한 인식개선의 방향성과 사회적 합의에 의한 사회적 가치 창출을 추구하는 공동의 선을 위해 다양한 관심과 지원을 할 수 있도록 노력해야 할 것이다.

References

Kim Heung-gyu. (1992.) Understanding Q-Methodology for Subjectivity Research. *a collection of nursing papers 6*(1), 1-11.

Lim Young-eon & Yoo Geun-jun. (2019). A Study on the Spatial Geographical Characteristics of Urban Decline and Policy Direction of Urban Regeneration from a Social and Economic Perspective. *Korean Journal of Photographic Geography. 29*(2) 13-28.

Park Ji-hye, Lee Kang-hyun, Park Im-soo. (2020). A Study on the Types of Expert Recognition for the Activation of Sewage Reuse. *Subjectivity Study. 52*, 69-86.

The Arts Management Support Center (2019). A Survey on

the Social and Economic Status of Culture, *Arts and Arts.*
Kang Wi-young. (1991). The right attitude of the disabled for employment. *Employment for the Disabled. The first issue.* 5-9.
Kwon Do-yong. (1995). Japan's welfare administration for the disabled. *Employment for the Disabled,* 15, 31-39.
Kim Kwon-soo. (2014). The Influence of Urban Regeneration Projects in Seoul on the Satisfaction of Residents and the Sense of Community. *public social studies 4*(1), 66-92.
Kim Ae-rim, (2020). QA study on the recognition type of child allowance using Q methodology. *subjectivity research 51*, 89-107.
Kim Young-im, (1986). An Analytical Study on the Degree of Self-Nurse Performance and Social Activities of the Disabled. *Journal of Nursing 16*(2), 63-69.
Park Hee Jung, Byun Tae Geun, and Lee Sang Ho. (2018). Korean Regional Society, Evaluation of Satisfaction in Urban Regeneration Projects. *Regional Study 34*(3), 3-11.
Shin Myeong-ho. (2009). The Poetry for the Organization of the Concept of Social Economy in Korea. *the Korean Society of Social Sciences 75*, 11-46.
Juhyeon Jang Myeongjun (2019). A Study on Factors Affecting the Willingness of Local Residents to Participate in Urban Regeneration Projects: Focusing on

Case Areas in Goseong-dong, Daegu. *Journal of Geography 53*(4), 435-448.

Seo Sang-ho. (2020). A Study on the Acceptance Behavior of Local Citizens on the Integration of Local Broadcasting System. subjectivity research 50, 49-70.

Lee Woo-hyung. (2013). A Study on the Characteristics of the U.S. Community Development Support System Based on Urban Regeneration Perspective - *Focusing on the Characteristics of the Support System for the U.S. Regional Development Community Company (CDCs) Design Convergence Study 39 Vol.12* no.2:16.

Lee Jae-wan. (2014). A Study on the Determinants of Residents' Participation in the Village Community Project in Seoul. *Focusing on Policy Recognition. local government research 17*(4) 409-437.

Jang Hyo-an et al. (2013) A Survey on the Actual Conditions of Social Enterprises and Village Enterprises in Chungnam. *Chungnam Power Institute*. 5-23.

Jung Jae-kyung, Lee Myung-hoon. (2020). Comparison and analysis of factors influencing the satisfaction of residents in the preparation stage of urban regeneration projects for the desired sites in Songjeong-dong and Seongnae 2-dong, Seoul. *Urban Design of the Korea Institute of Facilities Science. 21*(1), 53-68.

Joo Ik-hyun, Koo Bon-mi, and Choi Chul-kyun. (2020).

Typicalization of Residents' Subjective Perception of Urban Regeneration Projects.. *Economic Growth, Community, Environment. Subjectivity Study. 51*, 69-88.

Jin Eun Ae, Lee Woo Jong. (2018). Importance Analysis of Performance Indicators by Type of Urban Regeneration Projects- Focused on Urban Regeneration, General Neighborhood, Residential Regeneration, and Neighborhood Regeneration Projects in Korea. *KIEAE Journal. 6*, 29-41.

Chae Sung-man, Joo Chang-beom. (2019). The policy of urban regeneration projects and the satisfaction of local residents in life: Focusing on the general type of neighborhood regeneration in Seoul. *Journal of the Korean Institute of Policy Science. 23*(3), 55-76.

Brieland, D., Coston L. B. & Atherton C. R. (1980). Contemporary social work. New York: McGraw-Hall.

Logan, R. (1991). Complementarity, Psychology and Mass Communication The contributions of William Stephenson. *M.C.R, 18*(1), 28.

Newman, M. (1979). Health as expanding consciousness. St. Louis: Mosby. 1994. Health as expanding consciousness. *Newman published by National Leaque for Nursing Press.*

O'Brien, J. (1980). Body image: Mirror, mirror, why me? Nursing Mirror. 150(17), 36-37.

Ⅱ. 연구❷ | 한상헌_대전세종연구원 책임연구원, 박사 · 도수영_충남대BK융복합과학원 선임연구원, 박사

대전 장애인문학 창작 활동 현황

이 글은 대전 지역 장애예술인의 문학 창작 여건 개선을 위한 소고이다. 이를 위해 장애인 문화예술 창작 지원의 근거가 되는 관련 법률을 짚어보고 2017년에 제정된 대전시 지원 조례와 대전시의 장애인문학 창작 지원 제도를 살펴본다. 이어서 대전 지역 대표적인 장애인문학단체인 〈장애인인식개선오늘〉과 〈행복문학동인회〉의 발자취를 중심으로 대전 장애인문학 창작 활동 현황을 살펴보고 장애예술인의 문학 창작 활동 지원에 필요한 사항을 제언한다.

1. 대전 장애인문학 창작 지원 근거 및 제도

1) 장애인 예술 창작 지원에 관한 법률

■장애인 문화예술 관련 법률

1998년부터 시행된 장애인정책종합계획은 5년 단위의 종합계획 시행을 규정해오고 있으며 현재는 제5차 장애인정책종합계획(2018년~2022년)을 수립, 추진하고 있다. 제5차 장애인정책종합계획에는 장애인 복지 · 건강서비스 확대, 장애인 경제자립기반 강화, 장애인 사회참여 및 권익증진의 기존 계획 확대와 더불어 교육, 문화, 체육 등 활동을 향유할 수 있도록 장애인의 욕구에 맞는 지원 체계 마련이 주요 과제로 추진되고 있다.

이러한 장애인의 문화적 향유 및 예술 창작에 관한 권리보장과 지원을 위한 법적 근거는 문화예술진흥법, 문화산업진흥기본법, 문화예술교육지원법, 장애인복지법, 장애인차별금지법 등에 규정되어 있고 한국장애인인권헌장에는 정치 · 경제 · 사회 · 교육 및 문화생활의 모든 영역에서 차별받지 않을 권리가 명시되어 있다.

· 문화체육관광부

— 문화예술진흥법

「문화예술진흥법」 제15조 2항에는 "국가 및 지방자치단체는 장애인의 문화예술 교육의 기회를 확대하고 장애인의 문화예술 활동을 장려 · 지원하기 위하여 관련 시설을 설치하는등 필요한 시책을 강구하여야 한다."와 "국가 및 지방자치단체는 장애인의 문화적 권리를 증진하기 위하여 장애인의 문화예술 사업과 장애인 문화예술단체에 대하여 경비를 보조하는 등 필요한 지원을 할 수 있다."라는 규정이 있고 제

18조에는 장애인 등 소외계층의 문화예술 창작과 보급에 대한 문화예술기금 지원을 규정하고 있다.

— 문화산업진흥기본법

「문화산업진흥기본법」제3조 3항에는 "국가와 지방자치단체는 문화산업의 진흥을 위한 각종 시책을 수립 · 시행함에 있어서 장애인이 관련 활동에 참여할 수 있도록 「장애인차별금지 및 권리구제 등에 관한 법률」 제4조에 따른 정당한 편의 제공을 위하여 노력하여야 한다."고 규정하고 있다.

— 문화예술교육지원법

「문화예술교육지원법」 제3조 2항에는 "모든 국민은 나이, 성별, 장애, 사회적 신분, 경제적 여건, 신체적 조건, 거주 지역 등에 관계없이 자신의 관심과 적성에 따라 평생에 걸쳐 문화예술을 체계적으로 학습하고 교육받을 수 있는 기회를 균등하게 보장받는다."고 규정하고 있다.

· 보건복지부

— 장애인차별금지 및 권리구제 등에 관한 법률

「장애인차별금지 및 권리구제 등에 관한 법률」 제24조 문화 · 예술에 관한 부분에는 "국가 및 지방자치단체는 장애인이 문화 · 예술 시설을 이용하고 문화 · 예술 활동에 적극적으로 참여할 수 있도록 필요한 시책을 강구하여야 하며 성별, 장애의 유형 및 정도, 특성에 따른 문화 · 예술 정책을 개발해야 한다."고 규정하고 있으며 "국가와 지방 자치단체 및 문화 · 예술사업자는 장애인이 문화 · 예술활동에 참여함에 있어서 장애인의 의사에 반하여 특정한 행동을 강요하여서는 아니된다."고 명시하고 있다.

— 장애인복지법

「장애인복지법」의 기본 이념은 장애인의 완전한 사회참여와 평등을 통하여 사회통합을 이루는 것에 두고 있으며, 제4조에는 "장애인은 국가 · 사회 구성원으로서 정치 · 경제 · 사회 · 문화, 그 밖의 모든 분야의 활동에 참여할 권리를 가진다."라고 명시하고 있다. 제8조에는 "누구든지 장애를 이유로 정치 · 경제 · 사회 · 문화생활의 모든 영역에 있어 차별을 받지 아니하고, 누구든지 장애를 이유로 정치 · 경제 · 사회 · 문화생활의 모든 영역에 있어 차별하여서는 아니 된다."고 규정한다. 또한 제28조는 "국가와 지방자치단체는 장애인의 문화생활과 체육활동을 늘리기 위하여 관련 시설 및 설비, 그 밖의 환경을 정비하고 문화생활과 체육활동을 지원하도록 노력하여야 한다."고 규정하고 있다.

■대전시 장애인 문화예술 활동 지원 조례 제정

2012년 장애인 문화예술 진흥 조례를 가장 먼저 제정한 경상남도 거제시를 필두로 지속적으로 지자체별 조례 제정이 이루어지고 있으며 대전시에서는 2017년 「대전광역시 장애인 문화예술 활동 지원 조례」를 제정했다.[2)] 대전시의 장애인 문화예술 지원의 접근 방식은 장애인복지정책의 일환으로 추진되었다. 즉, 차별금지를 통한 인권보장, 근로권 보장, 기본소득 보장, 건강권 보장, 교육권 보장, 접근권 · 이동권 보장 등의 복지 정책과 함께 문화 · 여가권 보장 사업을 추진하였다. 주요 내용은 장애인 생활체육 활성화, 문화바우처사업 강화, 장애인 세상 나들이 추진, 장애인 수련원 건립[3] 등으로 주로 사회적 인식개선과 문화향유자로서 권리 강화에 중점을 두었다. 대전시는 이러한 기존 사업에 더하여 장애인의 문화예술 활동을 촉진하고 장애인의 문화적 권리를 증진하기 위해 「대전광역시 장애인 문화예술 활동 지원 조례」를 제정한다. 이 조례안에는 장애인 문화예술 활동의 지원에 대한 대전광역시장의 책무를 규정(제3조)하고 장애인의 안정적인 문화예술 활동을 위한 지원사업을 규정(제4조)하였으며 장애인 문화예술 활동 지원사업을 전문적이고 효율적으로 추진하기 위하여 위탁을 할 수 있도록 규정(제5조)하고 있다.

대덕구에서는 2018년 「대전광역시 대덕구 장애인 문화예술 활동 지원 조례」를 제정했다. 이 조례안에는 대덕구 거주 장애인에 대한 구청장의 책무를 강조하고 있으며 제4조와 5조에는 지원 계획 및 사업을 명시하고 있다. 특히 4조의 지원계획에 "장애인 문화예술인재 육성에 관한 사항" 및 "장애인 문화예술 교육 및 창작활동에 관한 사항" 등을 포함하도록 명시하고 있고 5조의 지원사업에는 "역량 있는 우수 장애

2) 2018년 기준 광역자치단체 17개 가운데 조례가 있는 곳은 13개 단체이며, 기초자치단체는 226개 가운데 17개 단체가 조례를 마련하고 있다. 박신의 외, 「장애인 문화예술활동 실태조사 기초연구」, (재)한국장애인문화예술원, 2018.

3) (재)대전복지재단, 「장애인 차별금지 및 인권보장 기본계획 수립 연구」, 2013.

문화예술인 또는 장애인문화예술단체 발굴 및 육성 지원"이 명시되어 있어 향유 지원 중심이었던 장애인 문화예술 활동 지원이 창작자 중심으로 확대되어 가고 있는 바람직한 면모를 보여준다.

2) 대전시 장애인문학 창작 지원 제도

■문학 장르 특성을 고려한 지원제도 부재

「대전광역시 장애인 문화예술 활동 지원 조례」 제2조에 명시된 문화예술이란 문학, 미술, 음악, 무용, 연극, 영화, 연예(演藝), 국악, 사진, 건축, 어문(語文), 출판 및 만화 등 「문화예술진흥법」 제2조 1항 1호에 해당하는 문화예술을 통틀어 말한다. 따라서 문학 창작 지원에 관한 개별적 접근은 아직 미비한 현실이다. 더욱이 「문학진흥법(법률 제15814호)」이 2016년 8월 2일에 공포되고 2018년 10월 16일에 일부 개정 공포됨에 따라 문학 활성화에 대한 법률적 근거가 마련되었는데도 그 내용에는 장애인문학 창작 지원에 관한 내용은 부재한 현실이다. 또한 각 지자체에서는 문학진흥법의 시행 규칙 마련 및 지역 문학 활성화를 위한 문학진흥 조례를 제정하고 있고 대전시도 2017년 「대전광역시 문학진흥 조례」가 제정되었다. 하지만 「대전광역시 문학진흥 조례안」에도 장애인문학활동 지원에 대한 조항은 부재하다. 문학 장르 특성을 고려한 구체적 지원 계획이 명시되는 문학진흥 조례안에 장애인의 문학 창작활동 지원에 대한 내용이 적시되어야 할 것이며 이를 위한 개정이 촉구된다.

■대전문화재단

· 장애예술인창작 및 문화예술활동지원

대전문화재단은 예술지원사업 장애예술인창작및문화예술활동지원 사업을 통해 장애예술인(단체)의 창작 · 발표를 지원하고 있다. 신청분야는 문학, 시각, 공연(음악, 전통, 무용, 연극, 예술일반)이며 신청 자격은 개인의 경우 최근 5년간 1회 이상 개인 창작 또는 최근 3년간 7회이상 초대활동이며 단체는

2021년 장애예술인창작 및 문화예술활동지원 선정 현황

(단위: 원)

연번	사업명	단체명	대표자	결정액
1	Look at me now 展	정○철	정○철	3,000,000
2	장애예술인창작 및 문화예술활동지원	이○진	이○진	3,000,000
3	김남식 수필집 제7집 발간	김○식	김○식	3,000,000
4	허상욱 제4시집 출판,점자 시집 출간	허○욱	허○욱	3,000,000
5	마음의 정화	송○권	송○권	3,000,000
6	2021 장애예술인창작 및 문화예술활동지원	이○양	이○양	4,000,000
7	장덕천 시집 발간	장○천	장○천	3,000,000
8	개인 작품 전시회 개최	송○선	송○선	3,000,000
9	박강정 시조집 발간	박○정	박○정	3,000,000
10	유인석 수필집 발간	유○석	유○석	3,000,000
11	전문예술단체 『장애인인식개선오늘』과 함께하는 『'대전 다다(dada)' 프로젝트Ⅳ』	장애인인식개선오늘	박○홍	40,000,000
12	장애인 예술축제를 열자(제12회 정기공연)	대전장애인문화예술협회	김○옥	16,000,000

최근 3년간 2년 이상의 문화예술 사업 실적으로 하고 있어 창작활동에 진입하고자 하는 장애예술인들의 지원 계획이 요구된다.

선정된 12개 사업의 개인, 단체 중에서 문학 부문은 8개로 전체 선정의 66%를 나타내며 타 장르에 비해 높은 비율을 보이고 있다. 대전문화재단의 예술지원정기공모사업은 11개의 정기 공모 지원과 9개의 기획 공모를 지원하면서 다양한 계층의 지역예술가 창작 지원을 하여 지역 문화예술 진흥과 문화 향유권 증대를 도모하고 있다. 예술창작 지원을 포함한 정기 공모에는 청년예술인지원, 중견예술인지원, 원로예술인지원, 장애예술인창작및문화예술활동지원, 차세대 artiStar지원, 국제문화예술교류지원, 문화예술연구및평론지원, 공연장상주단체육성지원, 지역오페라공연활동지원, 마을대표축제, 지역대표공연예술제 부분이 있으며 총 33억 9천만원의 예산이 소요된다. 이 중 장애예술인창작및문화예술활동지원 선정 예산은 8천 7백만원으로 전체 예산의 2.5% 수준이다.

· 무지개다리 사업

대전문화재단에서 시행하고 있는 무지개다리 사업은 문화다양성 인식을 개선하고 공정한 문화표현의 기회를 위해 추진하고 있는 사업이다. 따라서 지역 내 소수 주체인 유학생, 이주외국인, 다문화가족, 노인, 청소년, 장애인을 대상으로

예술 및 영화, 채식 등 다양한 장르의 예술창작 활동을 지원하고 있다. 하지만 아직 장애인 예술 활동 참여가 없어 장애인 접근 활로의 편의적 개방이 요구된다.

2. 대전 지역 장애인문학 창작활동 현황

1) 대전 장애인문학 단체와 활동 현황

■장애인인식개선오늘

〈장애인인식개선오늘〉은 2004년 설립되어 대전광역시 지정 전문예술단체와 문화체육관광부 등록 비영리민간단체로 등록된 단체로 중증장애인과 비장애인 전문예술인으로 구성되어 있다. 한국 최초로 장애인 창작활동지원 발간사업을 시행하여 장애인 작가 발굴, 등단, 창작집 발간지원을 해오고 있다.

〈장애인인식개선오늘〉은 문학 창작활동과 함께 콘텐츠를 재생산하여 인문학, 전시/공연으로 확산하고 있으며 재생산한 콘텐츠를 활용하여 장르적 융합과 장애인과 비장애인의 경계를 지우는 개방적, 협력적 네트워크를 구축하고 있다. 또한 대전 지역의 장애인 예술활동 지원 플랫폼으로서의 역할을 자임하여 다양한 문화사업을 시행하고 잠재적 예술인 개발을 위해 이동권 제약 극복 등 장애인을 위한 제도 개선에도 지속적으로 노력하고 있다.

〈장애인인식개선오늘〉연혁

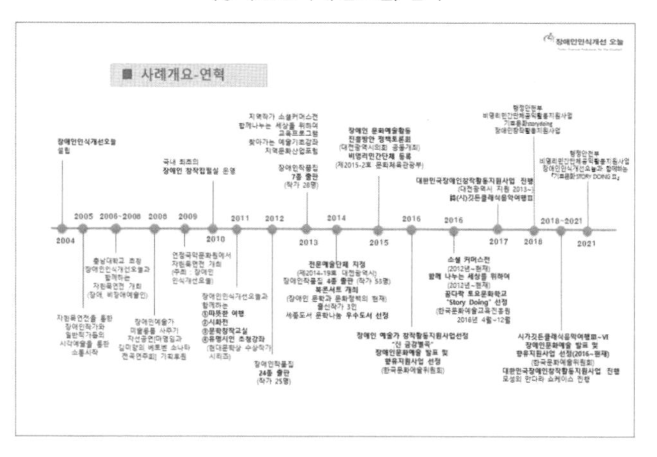

· 장애인 창작집필지원사업

2010년 한국문화예술위원회 〈장애인 전용공간 임차지원 사업〉 공모에 선정, 창작집필실 공간임대비 등 운영 지원을 받아 장애인 전용 창작 공간 운영 및 창작집 발간지원 추진을 시행해 오고 있다. 지역작가 소셜커머스전, 포럼개최, 정책토론회, 선정작가 작품집 발간사업, 장애인 작가 북콘서트를 통해 장애인문학 활동 활성화에 기여하고 있다.

· 장애인 문화예술향수지원사업

2016년 한국문화예술위원회 '詩(시)가 깃든 클래식 음악여행' 사업으로 장애인 문화예술향수지원사업에 선정되어 설립 이래 발굴한 작가 125명 39종 49,000권의 작품의 콘텐츠를 기반으로 「詩(시)와 소리」·「詩(시)와 몸짓」·「詩(시)와 극」으로 제작 시연하여 장애인 신진 작가와 기존 작가, 그리고 음악, 연극과의 공동, 협력 작업을 추진한 바 있다. 2017년에는 한국문화예술위원회로부터 장애인 문화예술지원 지원정책 실행을 이관받은 (재)한국장애인문화예술원의 지원으로 '詩(시)가 깃든 클래식 음악여행 Ⅱ'을 실시하여 장애인 예술인과 비장애인 예술인들의 공동창작과 발표, 향유 기회를 제공했다.

· 장애인 문화예술 대전 다다(dada) 프로젝트

2018년부터 현재까지 대전문화재단으로부터 장애예술인 창작 및 문화예술활동지원을 받아 '장애인 문화예술 대전 다다(dada) 프로젝트'를 실시하여 장애인 창작집 발간지원 및 창작활동 지원 지속성을 확보하고 세미나, 문화강좌 프로그램, 북포럼을 원도심 중심으로 개최하여 원도심 활성화에 기여하고 있다.

· 문예지 발간

《문학마당》은 2013년 박재홍 대표로 발행인을 변경하여 현재까지 발간하면서 2002년 창간호를 발행한 순수종합문예지의 명맥을 유지하고 있다. 장애인과 비장애인문학 작품의 바표 지면을 마련함으로써 지역작가가 지속적, 향상적 작품활동을 할 수 있도록 하여 2014년부터 2018년까지 세종

《문학마당》 발간 현황

연도	발행내용
2021년 03월01일~12월19일	문학마당 제52호/ 문학마당 제53호(예정) 행안부지원
2020년 03월01일~12월19일	문학마당 통합본 제51호
2019년 03월01일~12월19일	문학마당 통합본 제49호 문학마당 통합본 제50호
2018년 03월01일~12월19일	문학마당 통합본 제47호 문학마당 통합본 제48호(행안부지원)
2014년 03월01일~12월19일	문학마당 통합본 44호 문학마당 통합본 45호
2013년 03월01일~12월19일	문학마당 통합본 제42호 문학마당 통합본 제43호
2012년 03월01일~12월19일	계간 문학마당 우수문예지발간지원사업선정(한국문화예술위원회)
2010년 03월01일~12월19일	문학마당 제26호 문학마당 제27호 문학마당 제28호 문학마당 제29호
2009년 03월01일~12월19일	문학마당 제22호 문학마당 제23호 문학마당 제24호 문학마당 제25호
2008년 03월01일~12월01일	문학마당 제18호 문학마당 제19호/문학마당 제20호/문학마당 제21호
2007년 03월01일~12월01일	문학마당 제14호 문학마당 제15호/문학마당 제16호/문학마당 제17호
2006년 03월01일~11월25일	문학마당 제10호 문학마당 제11호 문학마당 제12호 문학마당 제13호
2005년 03월01일~12월10일	문학마당 제6호/문학마당 제7호/문학마당 제8호/문학마당 제9호
2004년 03월01일~12월01일	문학마당 제2호/문학마당 제3호/문학마당 제4호/문학마당 제5호
2002년 11월 20일	문학마당 창간호(제1호 발간)

도서문학나눔우수도서에 총 6권, 13명의 작가가 선정되고 2020년 우수출판콘텐츠 제작지원 사업과 2021년 문학나눔 도서에 선정((재)한국문화예술위원회)되는 밑거름이 되었다.

■〈행복문학동인회〉

〈행복문학동인회〉는 박세아 시인이 설립한 한국행복한재단 문학 사업의 일환으로 2003년부터 지속해온 문학 창작 모임이다. 시인 자신이 뇌병변 장애를 극복하고 다른 장애우들에게 문학적 표현의 길을 열어주고자 1998년에 시작했던 문학교육 모임이 동인회의 시작이다. 매달 1회 모임을 통한

『행복문학』 발간 현황

연번	동인지명	제목	발행 연도	호수
1	옥합문학	옥합문학	2003	창간호
2	옥합문학	시가 장애를 뛰어 넘어?	2004	제2호
3	옥합문학	feel&必	2005	제3호
4	행복문학	무한도전	2007	제4호
5	행복문학	무한도전 Ⅱ	2008	제5호
6	행복문학	무한도전 Ⅲ	2009	제6호
7	행복문학	행복과 행운은 다르다	2010	제7호
8	행복문학	행복 중심	2011	제8호
9	행복문학	길, 행복을 묻다	2012	제9호
10	행복문학	힐링과 행복	2013	제10호
11	행복문학	행복에 도전하라	2014	제11호
12	행복문학	행복에 몰입하라	2015	제12호
13	행복문학	자유로운 영혼들	2016	제13호
14	행복문학	기타하나 시인하나	2017	제14호
15	행복문학	케노시스 자기비움	2018	제15호
16	행복문학	無爲自然	2019	제16호

창작활동으로 2003년부터 2019년까지 매년 동인지를 발간했다. 다만, 코로나19 상황으로 인해 창작 모임이 불가능해짐에 따라 2020년부터 동인지 발간이 잠시 중단된 상태이다. 그동안 발간한 동인지 내용은 다음과 같다.

행복한재단은 행복문화센터를 운영하여 행복문학제, 희망음악회, 시화전시 및 무장애 공간 미술 전시회, 행복그리기 전국장애인문화예술대상, 장애인문학체험 교실 등을 통해 장애인 문화 행사 지원을 하고 있으며, 특히 제15회를 맞는 '행복나눔 글쓰기 공모전'은 전국적인 문학공모 행사로 시, 시조, 동시, 수필, 소설, 동화, 희곡, 자기소개서 스토리텔링 부문의 작품을 공모, 시상하여 장애인들의 자기표현과 문학 창작의 동기를 부여하고 있다.

2) 대전 장애인 평생교육 현황

현재 대전시 교육청에서 인가를 받은 장애인평생교육시설은 현재 3곳이며 시설 대상에 따른 다양한 프로그램을 운영하고 있다. 그러나 전문적인 문학창작 교육을 하는 곳은 없었으며 문학 창작에 앞서 선행되어야 하는 문해 교육 및 언어교육에 중점을 두고 있다.

■대전장애인배움터풀꽃평생교육원

대전장애인배움터풀꽃야학은 대전장애인배움터풀꽃평생

교육원의 설치자로서 장애인 중에서도 취약계층 즉, 청소년, 노인을 대상으로 평생교육 서비스를 제공하고 있다. 교육 프로그램은 학력보완교육, 장애인 성인문자해독교육, 장애인 직업능력 향상교육, 장애인 인문교양교육 등이 있다.

■한밭장애인자립생활센터부설 대전장애인평생교육원

대전장애인평생교육원은 발달장애인의 취업 및 자활을 위한 능력 향상과 기초학습 교육, 여가 생활을 위한 문화교육을 실시하고 있다. 세부프로그램은 다음과 같다.

프로그램명	주요내용
문해교육	기능 중심의 문해 교육 및 교과과정의 학습 — 한글문해, 생활수학, 생활영어, 생활한자
자립생활기술훈련	자립 프로그램 제공을 통한 자립능력 및 사회성 향상 — 위생관리, 용모관리, 예절관리, 안전교육, 정리정돈, 금전관리, 경제교육, 감성교육, 요리하기, 지역사회시설이용, 성교육, CPR교육, 농촌체험 등
직업능력훈련	이론교육 및 체험 교육을 통한 직업의 중요성 인식 및 취업의 기회 확대 — 직업이론(직장예절, 직업이해, 직업윤리), 직업체험(생활공예, 컴퓨터, 손글씨, 천연비누만들기 등)
스포츠 여가활동	체력운동을 통한 건강한 생활 영위 및 여가생활을 통한 삶의 활력 증대 — 레크레이션, 특수체육, 노래교실, 영화감상, 공원나들이 등

■모두사랑장애인야간학교

사단법인 모두사랑에서 운영하고 있는 모두사랑장애인야간학교는 성인장애인 중심 야학으로 문해교육과 학력취득, 정보화 교육 외에도 장애인들의 문화 향유권 신장을 위한 음악회 개최, 문화탐방, 유명 시인초청 시낭송회 등을 운영하고 공모사업과 후원사업, 대전평생교육진흥원 배달강좌 운영을 통해 요리교실, 연극교육, 볼링교실, 캘리그라피, 도예교실, 댄스교실, 컵타수업, 의사소통 수업, 퀼트교실, 꽃꽂이 수업, 커피바리스타 과정을 운영하고 있다.

3. 정책 제언

1) 장애 유형 맞춤형 지원정책

2020년 기준 전국 등록장애인 수는 263만 명으로 2019년 대비 0.6% 증가한 수치를 보이고 있으며 대전시 등록장애인 수 72,853명에 이른다. 장애유형을 보면 지체(32,542명), 시각(6,996명), 청각(10,196명), 언어(592명), 지적(6,650명), 뇌병변(7,284명), 자폐성(1,082명), 정신(3,210명), 신장(2,836명), 심장(119명), 호흡기(293명), 간(344명), 안면(72명), 장루 · 요루(386명), 뇌전증(251명)이다.[4] 이렇듯 유형이 다른 장애인에게는 문화예술 활동의 가능 방면 또한 다양할 것이다. 또한 심한 장애와 심하지 않은 장애에 따라서도 활동의 범위가 달라진다.

이러한 장애 상황은 수준의 차이를 차치하면 누구나 마음만 먹으면 어느 예술 분야든 경험할 수 있는 비장애인과는 다른 정책적 접근 방식이 필요하다. 문학 창작 지원도 같은

4) 출처: e-나라지표 보건복지부(시.도 장애인등록현황 자료)

맥락이기 때문에 언어로 자신을 예술적으로 표현하는 최종의 목표는 같을지라도 장애 유형별로 다른 형태의 지원이 요구된다. 이를테면 시각 장애인에게는 점자 지원, 지체 장애인에게는 음성인식 기록 기술 지원, 40세 이후에는 경직이 심화하여 창작활동이 어려운 뇌병변장애인에게는 조기 창작 집중 지원 등이 그것이다.

2) 장애예술인 멘토링 지원

〈장애인인식개선오늘〉에서 대한민국장애인창작집발간지원사업의 결과물로 출간한 시집 중에는 대전장애인배움터 풀꽃야학 강사이자 지체 · 뇌병변장애인인 민애경 시인 외 5명의 공동 시집 『내 슬픈 삶에 푸념 같은 시 하나』, 그리고 김준엽 시인(뇌병변장애 1급)의 시집 『희망이 햇살이 되어』가 있다. 또한 〈행복문학동인회〉의 회원으로 활동하면서 2011년 대전시 의장상을 수상한 뇌병변 장애인 복선숙 시인과 대전장애인백일장 대상을 수상한 장명훈 시인도 시집 『들꽃』, 『집으로 가는 길』을 출판하였다. 이들 성과의 바탕에는 두 단체가 지원하고 함께한 문학창작 활동이 있다.

이렇듯 대전 장애인문학 창작 활동에서 비중 있는 몫을 수행하고 있는 〈장애인인식개선오늘〉 대표 박재홍 시인과 〈행복문학동인회〉 회장 박세아 시인과 같이 사명을 가지고 예술 활동을 하는 예술가들을 발굴 지원하여 예술 창작활동을 희망하는 장애인에게 본을 받을 만한 대상을 알리고 선배 예술가로부터 실질적 멘토링을 받아 예술가로 성장할 수 있는 기회를 마련해 주는 것이 필요하다.

3) 지역 격차 해소

〈장애인인식개선오늘〉과 〈행복문학동인회〉가 서구와 유성구에 있으며 인가를 받은 장애인평생교육시설 3곳도 서구 갈마동 1곳, 서구 둔산동 2곳으로 모두 서구에 있다. 장애인의 문화예술 참여를 가로막는 주요한 요인이 이동권 제약이라는 점에서 타 구 거주 장애인의 문화 활동 기회가 줄어드는 것은 당연한 귀결이다. 따라서 각 구 단위에서 근거리 활용이 가능한 시설 및 기관 유치와 교통약자 이동 편의 증진 및 이동권 확보를 위한 정책이 요구된다.

참고 문헌

강영심(2018), 「부산 장애 문화예술인 실태조사」, 부산문화재단.

김정득 외(2013), 「장애인 차별금지 및 인권보장 기본계획 수립 연구」, (재)대전복지재단.

박신의 외(2018), 「장애인 문화예술활동 실태조사 기초연구」, (재)한국장애인문화예술원.

전병태(2010), 「장애 예술인 창작활동 현황 및 활성화 방안」, 한국문화관광연구원.

전병태(2014), 「장애인 예술 장르별 지원 방안 연구」, 한국문화관광연구원.

주윤정(2011), 「장애인 문화예술정책 중장기 계획 연구」, 한국사회사학회.

최혜자(2021), 「발달장애인 문화예술교육 프로그램 조사 및 정책과제 수립 연구」, 한국장애인문화예술원.

한국장애인문화예술원(2019), 「장애인 예술활동 여건 개선을 위한 토론회 자료집」

e-나라지표(http://www.index.go.kr)

대전광역시교육청(https://www.dje.go.kr/)

대전문화재단(https://dcaf.or.kr)

부산문화재단(http://www.bscf.or.kr)

사단법인 모두사랑(http://www.modoosarang.or.kr)

한국장애인문화예술원(www.i-eum.or.kr)

한밭장애인자립생활센터(http://www.hbcil.or.kr)

코로나19 사태의 영향과 이에 따른 복지기관의 역할에 대한 탐색적 연구[5)]

〔요약〕 코로나19 사태는 2020년부터 모든 국민의 일상생활에 크게 영향을 미쳐 왔다. 본 연구에서는 코로나19 사태가 사회구성원의 삶에 미친 영향과 이에 따른 복지기관의 역할을 매우 탐색적인 수준에서 살펴보았다. 본 연구의 결과, 일반적으로 많은 조사대상자는 코로나19 사태 때문에 삶의 질이 나빠졌고, 정신적 건강과 대인관계와 가정경제 영역에서 어려움을 겪고 있고, 위기대처능력과 가족관계 영역에서 좋아졌고, 손씻기 · 위생과 마스크 쓰기와 외출 자제가 코로나19 사태를 극복하는 방법이라고 보고 있고, 사회복지관이 소외계층 지원사업과 소외계층 방역지원을 해주기를 바라고 있고, 코로나19 사태가 종결되었을 때에 여행과 친구 · 지인과의 교류와 자유로운 일상 활동을 하기를 원하는 것으로 나타났다. 본 연구에서는 이에 따른 제언을 제시하였다.

주제어 : 코로나19 사태, 지역 주민, 삶의 질, 복지기관

· **노태겸** 대전대 사회복지학과 박사과정 · **조미정** 대전대 사회복지학과 박사과정
· **노병일** 대전대 사회복지학과 교수

I. 연구의 배경과 목적

2019년 12월에 중국의 후베이(Hubei) 지역에 있는 우한(Wuhan)에서 원인을 알지 못하는 폐렴이 발생하였다. 이 폐렴은 나중에 코로나 바이러스 감염증-19(COVID-19, 코로나19)으로 불리게 되었는데, 코로나19는 2020년 초부터 빠른 속도로 전 세계에 퍼져 나갔다. 이에 따라 중국에서뿐만 아니라 전 세계에서 코로나19에 대해 크게 관심을 가지게 되었다(Wang, Horby, Hayden & Gaoh, 2020; Samlani, Lemfadli, Ait, Oubaha & Krati, 2020).

백신이 없는 상태에서 갑자기 등장한 코로나 바이러스 때문에, 오늘날의 인류는 새로운 경험을 하게 되었다. 그 결과, 코로나 바이러스에 따른 사태(코로나19 사태)는[6] 2020년부터 전 세계의 모든 국민의 일상생활에 크게 영향을 미쳐 왔다. 무엇보다도 코로나19 사태는 많은 사회구성원의 삶의 질에 부정적으로 영향을 미쳐 왔다(노병일, 2020; Samlani et al., 2020).

코로나19 사태가 언제 마무리 될지는 아무도 모른다. 낙관적으로 볼 때, 앞으로 1~2년 정도가 지나면 인류는 마스크

---

5) 본 연구에서는 대전광역시에 위치한 용운종합사회복지관에서 수집한 자료를 이용하였다. 귀한 자료의 사용을 허락해 주신 강태인 관장님에게 감사의 말씀을 드린다. 다만 설문조사에 참여한 각 개인이 응답한 원자료를 얻을 수 없어서 추론통계를 사용한 분석은 하지 못하였다(이와 관련해서는 본 연구의 제한점에서 자세히 언급한다).

6) 본 연구에서는 코로나 바이러스에 따른 사태를 편의상 '코로나19 사태'로 부르기로 한다.

를 벗고 예전처럼 정상적인 활동을 할 수 있을 것으로 보인다.

그러나 코로나19 사태가 미친 영향은 앞으로도 몇 년간은 여진을 남기며 계속될 것으로 보인다.

코로나19 사태와 같이 전 세계를 공포로 몰아넣은 재앙이 앞으로 발생하지 않기를 바라지만, 이에 대해 아무도 자신할 수 없을 것이다. 따라서 향후에 코로나19 사태와 같은 상황이 발생할 경우에 취하여야 할 조치와 관련해서, 코로나19 사태가 사회구성원의 삶에 미친 영향과 이에 따라 복지기관이 할 역할에 대해 조사해서 후일의 지침으로 삼을 필요가 있다. 이런 맥락에서, 코로나19 사태가 사회구성원의 삶에 미친 영향과 복지서비스를 제공하는 기관이 사회구성원을 위해 우선적으로 할 역할에 대해 실증적으로 살펴볼 필요가 있다.

그러므로 본 연구에서는 최근에 지역 주민을 대상으로 초보적으로 조사한 자료를 통해서, 매우 탐색적인 수준에서 다음과 같은 것을 살펴보고자 한다. 첫째, 코로나19 사태가 지역 주민의 삶에 미친 영향을 살펴본다. 둘째, 코로나19 사태와 관련해 복지기관이 우선적으로 하여야 할 역할에 대해 살펴본다.

본 연구는 코로나19 사태가 지역 주민의 삶에 미친 영향과 이에 따른 복지기관의 역할을 비록 단편적이나마 실증적으로 살펴보았다는 데, 그 의의가 있다.

Ⅱ. 이론적 고찰

1. 코로나19 사태의 영향

코로나19 사태는 모든 국가와 개인에게 여러 영역에서 매우 크게 영향을 미쳐 왔다. 우선, 코로나 바이러스가 빠른 속도로 전파됨에 따라서, 많은 국가에서는 국경을 봉쇄하거나 엄격하게 통제하였다. 이에 따라 국가들 사이에 사람들의 이동이 크게 줄어들었다. 그 결과, 그동안 활발하게 보이던 '세계화' 경향이 주춤하게 되었다.

코로나19 사태 때문에 발생한 이런 상황은 여러 기업에 크게 영향을 미쳐 왔다. 예를 들어, 코로나19 사태 때문에 사회적 거리를 유지하여야 하고 지리적 이동이 크게 줄어듦에 따라서, 여행업계와 항공업계는 크게 타격을 받게 되었다. 그 결과, 이런 업계와 관련된 기업의 근로자들은 경제적으로 큰 어려움을 겪게 되었다. 그리고 사람들이 사회적 교류를 줄이고 일부 업종의 영업시간이 제한됨에 따라서, 자영업자도 경제적으로 크게 피해를 보게 되었다. 따라서 코로나19 사태 때문에, 많은 사회구성원은 안정된 고용과 소득을 확보하는 것이 어려워졌다(노병일, 2020).

또한 코로나19 사태 때문에 국내외 여행을 제대로 하지 못하게 되고 사람들 사이의 교류가 줄어듦에 따라서, 모든 사회구성원의 정신건강도 취약하게 되었다. 이런 탓에, 코로나19 사태는 직접적으로 관련되는 근로자나 그 가족의 삶에 영향을 미칠 뿐만 아니라, 모든 사회구성원의 삶에도 영향을 미치게 되었다. 결국, 코로나19 사태는 모든 개인의 삶의 질에 크게 영향을 미쳐 왔다.

일반적으로 코로나19 사태는 개인의 삶의 질에 부정적으로 영향을 미칠 가능성이 크다. 실제로 그동안 실시한 연구에서는, 코로나19 사태가 사회구성원의 삶의 질에 부정적으로 영향을 미친 것으로 나타나고 있다. 예를 들어, 모로코에서 조사한 결과, 코로나19 사태 동안에 조사대상자의 정신건강 영역과 신체적 건강 영역에서의 삶의 질이 다소 낮아진 것으로 나타난 바 있다(Samlani et al., 2020).

그러나 코로나19 사태는 특정한 층의 삶의 질에 더 영향을 미칠 가능성이 크다. 예를 들어, 유럽연합(EU)에 속한 국가들을 대상으로 조사한 결과, 코로나19 사태는 젊은 층과 여성층의 삶의 질에 더 부정적으로 영향을 미친 것으로 나타난 바 있다(Eurofound, 2020).

2. 코로나19 사태와 국가 및 복지기관의 역할

코로나19 사태는 전국적으로 발생하였기 때문에, 국가의 역할이 매우 중요하게 되었다. 이 중에서 중앙정부 수준에서 국가(정부)는 여러 가지 역할을 하게 되었다. 무엇보다도 국가는 의료와 고용과 소득의 영역에서 주요한 역할을 하였고, 앞으로도 이와 관련된 역할은 계속될 것으로 예상되고 있다(노병일, 2020).

무엇보다도, 코로나19 사태는 국가가 새로운 정책을 설계하고 실시하는 데 관심을 가지는 계기가 되었다. 예를 들어, 많은 사회구성원이 안정된 소득을 얻기가 어려워짐에 따라서, 코로나19 사태는 '기본 소득'에 대해 더 생각하는 계기가 되었다(노병일, 2018, Singletary, 2020; Meredith, 2020). 또한 코로나19 사태는 사회보장과 관련된 주요 영역에 특히 더 관심을 가지는 계기가 되었다(노병일, 2020).

그리고 코로나19 사태를 겪음에 따라서 복지기관의 역할도 중요해졌다. 코로나 바이러스 사태에 따른 상황에서는, 다양한 클라이언트 집단에게 서비스를 제공해 온 복지기관(예컨대, 종합사회복지관)의 역할이 특히 더 중요한 역할을 해 왔다. 실제로 복지기관은 코로나19 사태로 어려움을 겪는 일반 클라이언트나 취약층에게 현장에서 기본적인 서비스나 물품을 제공하는 역할을 해 왔다(김용길, 2020).

앞으로 코로나19와 같은 사태가 발생할 경우, 복지기관의 출입이 크게 제한될 가능성이 크다. 따라서 이런 상황에서는 복지기관은 클라이언트를 직접 찾아가서 물품을 제공하는 역할을 하거나, 사이버공간을 통해 정서적 서비스를 간접적으로 제공하는 역할을 하는 경우가 많아질 것으로 예상되고 있다.

한편 코로나19 사태는 사회복지관을 포함한 복지기관이 전자적 지역사회(electronic community)라는 개념에 대해 더 관심을 가져야 하는 계기가 되었다. 사실, 이런 주장은 1990년대 말부터 등장한 바 있다(Gingerich & Green, 1996). 그러나 이제 코로나19 사태를 맞이함에 따라서, 이런 주장은 현실적으로 무게를 더 얻게 되었다. 다행스럽게도 그동안 정보통신 기술이 크게 발달함에 따라서, 이것을 실행할 토대는 이미 잘 갖추어져 있다(노병일, 1997). 따라서 앞으로 복지기관에게는 사이버 공간을 활용한 역할도 매우 중요해질 것으로 보인다.

Ⅲ. 연구방법

1. 조사대상자와 자료수집방법

본 연구의 조사대상자는 대전광역시의 용운종합사회복지관이 서비스를 제공하는 지역에 살고 있는 일반 주민 65명, 일자리사업 참여 노인 29명, 사례관리 대상자 61명이다. 이 경우, 사례관리 대상자는[7] 일부 장애인과 일부 취약층으로 구성되어 있다.[8]

본 연구에서는 온라인 설문조사법을 사용하여 자료를 수집하였다. 온라인 설문조사는 2020년 11월~12월에 실시하였다.

7) 사례관리(case management)의 개념과 적절한 용어(표현)에 대해서는 분명히 합의가 되어 있지 않은 편이다(노대겸 · 노병일, 2016). 미국의 사례관리자격 위원회(Commission for Case Manager Certification, 2015)에 따르면, 사례관리는 전문적이고 서로 협력하고 여러 학문과 관련되는 실천을 말한다.

8) 본 연구의 원자료에서는 여섯 집단을 조사하였으나, 일부 집단은 사회인구적 특성에서 중복되는 측면이 있었다. 따라서 본 연구에서는 원자료에서 세 집단만을 선택하여 살펴보았다.

2. 측정도구

본 연구에서는 조사대상자의 사회인구적 특성을 파악하기 위해서 성별, 연령, 경제 수준, 거주 기간에 대해 질문하였다. 그리고 코로나19 사태가 지역 주민의 삶에 미친 영향을 파악하기 위해서, 코로나19 사태에 따른 삶의 질 변화, 코로나19 사태로 가장 어려운 점, 코로나19 사태로 가장 좋아진 점, 코로나19 사태를 극복하기 위해 사용한 방법(개방형 질문)에 대해 질문하였다.

또한 코로나19 사태와 관련해 복지기관이 하여야 할 역할을 파악하기 위해서, 코로나19 사태를 극복하기 위해 사회복지관이 하기를 원하는 역할에 대해 질문하였다. 더불어 코로나19 사태가 종결된 후의 욕구를 파악하기 위해서, 코로나19 사태가 종결된 후에 하고 싶은 것(개방형 질문)에 대해 질문하였다.[9)]

3. 분석방법

본 연구에서는 폐쇄형 질문에 대해서는 빈도분석을 실시하였다. 그리고 개방형 질문(open-ended question)에 대해서는 전체 응답을 연구자가 범주화 한 후에 빈도분석을 실시하였다. 다만, 개방형 질문에 대한 분석에서는 각 집단에 대해 응답 범주화가 달라질 수밖에 없었다. 따라서 본 연구에서는

9) 본 연구의 원자료에서는 척도(scale)는 사용하지 않았다.

각 집단을 서로 대비해 보기 위해서 범주화를 통일하였고, 그 결과로 범주를 일부 조정하였다.

Ⅳ. 조사결과

1. 조사대상자의 사회인구적 특성

조사대상자의 사회인구적 특성에 대한 결과는 〈표 1〉과 같다.

일반 주민의 경우, 성별은 '남성'이 18.5%이고 '여성'이 81.5%로 나타나, 여성이 남성보다 더 많았다. 연령은 '40대'가 36.0%로 가장 많았으며, 그 다음으로 '50대'가 26.0%, '20대'와 '30대'와 '60대'가 각각 20.0%의 순으로 나타났다. 경제 수준은 '중층'이 67.7%로 가장 많았으며, 그 다음으로 '하층'이 32.3%, '상층'이 0%의 순으로 나타났다. 거주 기간은 '5년미만'이 32.0%로 가장 많았으며, 그 다음으로 '5년~10년미만'이 26.0%, '15년~20년미만'이 16.0%의 순으로 나타났다.[10)]

일자리사업 참여 노인의 경우, 성별은 '남성'이 55.2%이고 '여성'이 44.8%로 나타나, 남성이 여성보다 더 많았다.

---

10) 연령과 거주 기간은 개방형으로 질문하였는데, 이에 대해 부적절한 응답이 많아서 소계가 적게 나타났다.

〈표 1〉 조사대상자의 사회인구적 특성[11]

특성	범주	일반 주민		일자리사업 참여 노인		사례관리 대상자	
		빈도	%	빈도	%	빈도	%
성별	남성	12	18.5	16	55.2	24	39.3
	여성	53	81.5	13	44.8	37	60.7
	소계	65	100.0	29	100.0	61	100.0
연령	30대 이하	14	28.0	0	0	10	20.0
	40대	18	36.0	0	0	10	20.0
	50대	13	26.0	0	0	9	18.0
	60대	5	10.0	2	6.9	4	8.0
	70대	0	0	21	72.4	9	18.0
	80대	0	0	6	20.7	8	16.0
	소계	50	100.0	29	100.0	50	100.0
경제 수준	하층	21	32.3	12	41.4	60	98.4
	중층	44	67.7	17	58.6	0	0
	상층	0	0	0	0	1	1.6
	소계	65	100.0	29	100.0	61	100.0
거주 기간	5년미만	16	32.0	5	17.2	3	6.3
	5년~10년미만	13	26.0	9	31.0	9	18.8
	10년~15년미만	7	14.0	1	3.4	8	16.7
	15년~20년미만	8	16.0	7	24.1	2	4.2
	20년이상	6	12.0	7	24.1	26	54.2
	소계	50	100.0	29	99.8	48	100.2

연령은 '70대'가 72.4%로 가장 많았으며, 그 다음으로 '80대'가 20.7%, '60대'가 6.9%의 순으로 나타났다. 경제 수준은 '중층'이 58.6%로 가장 많았으며, 그 다음으로 '하층'이 41.4%, '상층'이 0%의 순으로 나타났다. 거주 기간은 '5년~10년미만'이 31.0%로 가장 많았으며, 그 다음으로 '15년~20년미만'과 '20년이상'이 각각 24.1%, '5년미만'이 17.2%의 순으로 나타났다.

11) 일부 소계의 경우, 반올림 때문에 100.0이 되지 않는다.

사례관리 대상자의 경우, 성별은 '남성'이 39.3%이고 '여성'이 60.7%로 나타나, 여성이 남성보다 많았다. 연령은 '40대'가 20.0%로 가장 많았으며, 그 다음으로 '50대'와 '70대'가 각각 18.0%, '80대'가 16.0%의 순으로 나타났다. 경제 수준은 '하층'이 98.4%로 가장 많았으며, 그 다음으로 '상층'이 1.6%의 순으로 나타났다. 거주 기간은 '20년 이상'이 54.2%로 가장 많았으며, 그 다음으로 '5년~10년미만'이 18.8%, '10년~15년미만'이 16.7%의 순으로 나타났다.

2. 코로나19 사태와 지역 주민의 삶

1) 코로나19 사태에 따른 삶의 질 변화

코로나19 사태에 따른 삶의 질 변화에 대해 응답한 결과는 〈표 2〉와 같다.

〈표 2〉 코로나19 사태에 따른 삶의 질 변화

항목	일반 주민		일자리사업 참여 노인		사례관리 대상자	
	빈도	%	빈도	%	빈도	%
매우 나빠짐	14	21.5	11	37.9	3	4.9
나빠짐	23	35.4	13	44.8	25	41.0
똑같음	20	30.8	4	13.8	24	39.3
좋아짐	4	6.2	0	0	7	11.5
매우 좋아짐	4	6.2	1	3.4	2	3.3
합계	65	100.0	29	100.0	61	100.0

일반 주민의 경우, '나빠짐'이 35.4%로 가장 많았으며, 그 다음으로 '똑같음'이 30.8%, '매우 나빠짐'이 21.5%의 순으로 나타났다.

일자리사업 참여 노인의 경우, '나빠짐'이 44.8%로 가장 많았으며, 그 다음으로 '매우 나빠짐'이 37.9%, '똑같음'이 13.8%의 순으로 나타났다.

사례관리 대상자의 경우, '나빠짐'이 41.0%로 가장 많았으며, 그 다음으로 '똑같음'이 39.3%, '좋아짐'이 11.5%의 순으로 나타났다.

전체적으로 볼 때, 많은 조사대상자는 코로나19 사태 때문에 삶의 질이 나빠진 것으로 나타났다. 그러나 일반 주민과 사례관리 대상자들 중에는 삶의 질에 변화가 없거나 좋아졌다고 응답한 사람도 적지 않았다.

2) 코로나19 사태로 가장 어려운 점

코로나19 사태로 가장 어려운 점에 대해 응답한 결과는 〈표 3〉과 같다.

일반 주민의 경우, '여가·문화 활동'이 33.8%로 가장 많았으며, 그 다음으로 '정신적 건강'이 20.0%, '대인관계'가 15.4%의 순으로 나타났다.

일자리사업 참여 노인의 경우, '가정경제'가 24.1%로 가장 많았으며, 그 다음으로 '대인관계'가 20.7%, '정신적 건강'과 '여가·문화 활동'이 각각 17.2%의 순으로 나타났다.

〈표 3〉 코로나19 사태로 가장 어려운 점

항목	일반 주민		일자리사업 참여 노인		사례관리 대상자	
	빈도	%	빈도	%	빈도	%
신체적 건강	2	3.1	4	13.8	10	16.4
정신적 건강	13	20.0	5	17.2	6	9.8
가정경제	10	15.4	7	24.1	16	26.2
아동양육	3	4.6	0	0	6	9.8
가족관계	0	0	2	6.9	1	1.6
대인관계	10	15.4	6	20.7	5	8.2
여가 · 문화 활동	22	33.8	5	17.2	1	1.6
대중교통 이용	1	1.5	0	0	1	1.6
의료기관 이용	1	1.5	0	0	10	16.4
기타	3	4.6	0	0	5	8.2
합계	65	100.0	29	100.0	61	100.0

사례관리 대상자의 경우, '가정경제'가 26.2%로 가장 많았으며, 그 다음으로 '의료기관 이용'이 16.4%, '정신적 건강'과 '아동양육'이 각각 9.8%의 순으로 나타났다.

전체적으로 볼 때, 많은 조사대상자는 정신적 건강, 대인관계, 가정경제 영역이 코로나19 사태 때문에 어려움을 겪은 영역이라고 보는 것으로 나타났다.

3) 코로나19 사태로 가장 좋아진 점

코로나19 사태로 가장 좋아진 점에 대해 응답한 결과는 〈표 4〉와 같다.

일반 주민의 경우, '없음'이 49.2%로 가장 많았으며, 그 다음으로 '위기대처 능력'이 16.9%, '가족관계'가 10.8%의 순으로 나타났다.

〈표 4〉 코로나19 사태로 가장 좋아진 점

항목	일반 주민		일자리사업 참여 노인		사례관리 대상자	
	빈도	%	빈도	%	빈도	%
신체적 건강	0	0	2	6.9	12	19.7
정신적 건강	1	1.5	3	10.3	8	13.1
가정경제	1	1.5	6	20.7	0	0
가족관계	7	10.8	2	6.9	6	9.8
대인관계	1	1.5	0	0	1	1.6
여가활동	6	9.2	2	6.9	0	0
위기대처 능력	11	16.9	11	37.9	5	8.2
없음	32	49.2	0	0	0	0
기타	6	9.2	3	10.3	29	47.5
합계	65	100.0	29	100.0	61	100.0

일자리사업 참여 노인의 경우, '위기대처 능력'이 37.9%로 가장 많았으며, 그 다음으로 '가정경제'가 20.7%, '정신적 건강'과 '기타'가 각각 10.3%의 순으로 나타났다.

사례관리 대상자의 경우, '기타'가 47.5%로 가장 많았으며, 그 다음으로 '신체적 건강'이 19.7%, '정신적 건강'이 13.1%의 순으로 나타났다.

전체적으로 볼 때, 많은 조사대상자는 위기대처 능력과 가족관계 영역이 코로나19 사태로 좋아진 영역이라고 보는 것으로 나타났다.

4) 코로나19 사태를 극복하는 방법

자신이 생각하거나 시행하고 있는 코로나19 사태 극복 방법에 대해 응답한 결과는 〈표 5〉와 같다(개방형 질문).

〈표 5〉 코로나19 사태 극복 방법 [개방형 질문, 일부는 복수 응답]

항목	일반 주민		일자리사업 참여 노인		사례관리 대상자	
	빈도	%	빈도	%	빈도	%
손씻기 · 위생	18	30.0	5	20.8	13	22.4
마스크 쓰기	21	35.0	9	37.5	21	36.2
거리두기	3	5.0	1	4.2	2	3.4
환기시키기	1	1.7	0	0	0	0
정신상담	1	1.7	0	0	0	0
외출 자제	7	11.7	2	8.3	14	24.1
긍정적 생각하기	2	3.3	0	0	0	0
여가 · 실내 활동	5	8.3	1	4.2	1	1.7
가족 · 친구와 통화	1	1.7	0	0	0	0
모름	0	0	1	4.2	0	0
없음	0	0	1	4.2	6	10.3
기타	1	1.7	3	12.5	1	1.7
합계	60	100.0	24	100.0	58	100.0

일반 주민의 경우, '마스크 쓰기'가 35.0%로 가장 많았으며, 그 다음으로 '손씻기 · 위생'이 30.0%, '외출 자제'가 11.7%의 순으로 나타났다(일부는 복수 응답).

일자리사업 참여 노인의 경우, '마스크 쓰기'가 37.5%로 가장 많았으며, 그 다음으로 '손씻기 · 위생'이 20.8%, '기타'가 12.5%의 순으로 나타났다(일부는 복수 응답).

사례관리 대상자의 경우, '마스크 쓰기'가 36.2%로 가장 많았으며, 그 다음으로 '외출 자제'가 24.1%, '손씻기 · 위생'이 22.4%의 순으로 나타났다(일부는 복수 응답).

전체적으로 볼 때, 많은 조사대상자는 손씻기 · 위생, 마스크 쓰기, 외출 자제가 코로나19 사태를 극복하는 방법이라고 보는 것으로 나타났다.

3. 코로나19 사태의 극복을 위해 사회복지관에게 바라는 역할

코로나19 사태를 극복하기 위해 사회복지관에게 바라는 역할에 대해 응답한 결과는 〈표 6〉과 같다.

〈표 6〉 코로나19 사태의 극복을 위해 사회복지관에게 바라는 역할

항목	일반 주민		일자리사업 참여 노인		사례관리 대상자	
	빈도	%	빈도	%	빈도	%
소외계층 지원사업	21	32.3	20	69.0	42	68.9
소외계층 방역지원	15	23.1	3	10.3	5	8.2
자녀 양육부담 감소지원	6	9.2	0	0	8	13.1
노인 · 장애인 매체 활용 교육	6	9.2	4	13.8	0	0
동네공유 공간 제공	6	9.2	0	0	3	4.9
주제가 있는 소모임 활동 지원	3	4.6	0	0	0	0
좋은 동네 만들기 지원	5	7.7	0	0	2	3.3
자원봉사활동 지원	3	4.6	2	6.9	1	1.6
합계	65	100.0	29	100.0	61	100.0

일반 주민의 경우, '소외계층 지원사업'이 32.3%로 가장 많았으며, 그 다음으로 '소외계층 방역지원'이 23.1%, '자녀 양육부담 감소지원'과 '노인 · 장애인 매체 활용 교육'과 '동네공유 공간 제공'과 '외출 자제'가 각각 9.2%의 순으로 나타났다.

일자리사업 참여 노인의 경우, '소외계층 지원사업'이 69.0%로 가장 많았으며, 그 다음으로 '노인 · 장애인 매체 활용 교육'이 13.8%, '소외계층 방역지원'이 10.3%의 순으로 나타났다.

사례관리 대상자의 경우, '소외계층 지원사업'이 68.9%로 가장 많았으며, 그 다음으로 '자녀 양육부담 감소지원'이

13.1%, '소외계층 방역지원'이 8.2%의 순으로 나타났다.

전체적으로 볼 때, 많은 조사대상자는 코로나19 사태를 극복하기 위해 사회복지관이 소외계층 지원사업과 소외계층 방역지원을 해주기를 바라는 것으로 나타났다.

4. 코로나19 사태가 종결된 후의 지역 주민 욕구

코로나19 사태가 종결되면 가장 하고 싶은 것에 대해 응답한 결과는 〈표 7〉과 같다(개방형 질문).

〈표 7〉 코로나19 사태가 종결된 후의 욕구
[개방형 질문, 일부는 복수 응답]

항목	일반 주민		일자리사업 참여 노인		사례관리 대상자	
	빈도	%	빈도	%	빈도	%
여행	24	51.1	7	35.0	6	11.8
운동	3	6.4	0	0	0	0
친구 · 지인과의 교류	8	17.0	4	20.0	3	5.9
자유로운 일상 활동	3	6.4	3	15.0	8	15.7
축제 참여	3	6.4	0	0	0	0
여가 · 문화 활동	3	6.4	4	20.0	0	0
경제 활동	0	0	2	10.0	0	0
자녀 · 가족과의 야외 활동	0	0	0	0	8	15.7
없음 · 모르겠음	0	0	0	0	24	47.1
기타	3	6.4	0	0	2	3.9
합계	47	100.0	20	100.0	51	100.0

일반 주민의 경우, '여행'이 51.1%로 가장 많았으며, 그 다음으로 '친구 · 지인과의 교류'가 17.0%, '운동'과 '자유로운 일상 활동'과 '축제 참여'와 '문화 활동'과 '기타'가 각

각 6.4%의 순으로 나타났다(일부는 복수 응답).

일자리사업 참여 노인의 경우, '여행'이 35.0%로 가장 많았으며, 그 다음으로 '친구 · 지인과의 교류'가 20%, '여가 · 문화 활동'이 15.0%의 순으로 나타났다(일부는 복수 응답).

사례관리 대상자의 경우, '없음 · 모르겠음'이 47.1%로 가장 많았으며, 그 다음으로 '자녀 · 가족과의 야외 활동'과 '자유로운 일상 활동'이 각각 15.7%, '여행'이 11.8%의 순으로 나타났다(일부는 복수 응답).

전체적으로 볼 때, 많은 조사대상자는 코로나19 사태가 종결되었을 때 여행, 친구 · 지인과의 교류, 자유로운 일상 활동을 하기를 원하는 것으로 나타났다.

V. 결론과 제언

1. 주요 결과

코로나19 사태는 전 세계의 모든 구성원의 삶에 영향을 미쳐 왔다. 따라서 본 연구에서는 어느 복지기관이 지역 주민을 대상으로 초보적 수준에서 설문조사한 자료에 근거해서, 코로나19 사태가 삶에 미친 영향과 이에 따른 복지기관의 역할에 대해 살펴보았다.

본 연구의 주요한 결과는 다음과 같다.

첫째, 대체적으로 보아 많은 조사대상자는 코로나19 사태 때문에 삶의 질이 나빠졌다고 보고 있었다. 본 연구의 이런 결과는 선행연구의 결과와 일치하고 있다(Samlani et al., 2020; Eurofound, 2020).

둘째, 대체적으로 보아 많은 조사대상자는 정신적 건강, 대인관계, 가정경제 영역에서 코로나19 사태 때문에 어려움을 겪고 있었다.

셋째, 대체적으로 보아 많은 조사대상자는 위기대처 능력과 가족관계 영역이 코로나19 사태로 좋아진 영역이라고 보고 있었다.

넷째, 대체적으로 보아 많은 조사대상자는 손씻기 · 위생, 마스크 쓰기, 외출 자제가 코로나19 사태를 극복하는 방법이라고 보고 있었다.

다섯째, 대체적으로 보아 많은 조사대상자는 코로나19 사태를 극복하기 위해 사회복지관이 소외계층 지원사업과 소외계층 방역지원을 해주기를 바라고 있었다.

여섯째, 대체적으로 보아 많은 조사대상자는 코로나19 사태가 종결되었을 때에 여행, 친구 · 지인과의 교류, 자유로운 일상 활동을 하기를 원하고 있었다.

2. 제언과 한계점

앞에서의 조사 결과에 근거해, 일반적 수준에서 몇 가지 제언을 제시하면 다음과 같다.

첫째, 많은 조사대상자는 코로나19 사태 때문에 삶의 질이 나빠졌다고 인식하는 것으로 나타났다. 따라서 지역의 복지기관은 지역 주민의 삶의 질을 개선하는 데 우선순위를 둘 필요가 있다.

둘째, 많은 조사대상자는 정신적 건강, 대인관계, 가정경제 영역에서 코로나19 사태 때문에 어려움을 겪은 것으로 나타났다. 따라서 코로나19 사태와 관련해, 지역의 복지기관은 지역 주민에게 정신건강 서비스를 제공하고, 사람들끼리 비대면으로 교류하는 통로를 늘려주고, 가정에 소득을 보완해 주는 데 주목할 필요가 있다.

셋째, 많은 조사대상자는 코로나19 사태를 극복하기 위해 사회복지관이 소외계층 지원사업과 소외계층 방역지원을 해주기를 바라는 것으로 나타났다. 따라서 코로나19 사태와 관련해, 지역의 복지기관은 소외계층에 대해 일반적인 지원과 방역 지원을 해 주는 데 우선순위를 둘 필요가 있다.

넷째, 많은 조사대상자는 코로나19 사태가 종결되었을 때에 여행, 친구 · 지인과의 교류, 자유로운 일상 활동을 하기를 원하는 것으로 나타났다. 따라서 지역의 복지기관은 코로나19 사태가 종결된 후에 이런 영역과 관련된 프로그램을 개발하고 실시하는 데 관심을 가질 필요가 있다.

한편 본 연구는 몇 가지 한계점을 지니고 있다. 본 연구의 한계점과 이에 따른 향후 연구 방향을 제시하면 다음과 같다.

첫째, 본 연구에서는 특정 지역의 주민들만을 대상으로 조사하였다. 따라서 본 연구의 결과를 다른 지역의 주민에게까지 일반화할 수는 없다. 그러므로 향후 연구에서는 더 넓은 지역의 주민들을 대상으로 조사할 필요가 있다.

둘째, 본 연구에서 일부 집단은 코로나19 사태가 긍정적으로 영향을 미친 것으로 응답하였다. 이것은 일반적으로 예상되는 바와는 차이가 난다. 그러므로 향후 연구에서는 이와 관련해 더 심층적으로 조사할 필요가 있다.

셋째, 본 연구에서는 응답자가 개별적으로 답변한 내용에 대한 원자료를 얻지 못하였다. 이런 탓에, 본 연구에서는 세 집단에 대해 자료를 합쳐서 분석하였다. 그 결과, 각 집단 사이의 차이를 분석하지 못하였고, 추론통계 기법을 사용해 상관관계나 인과관계를 분석하지 못하였다. 그러므로 향후 연구에서는 각 집단 사이의 차이를 조사해서 각 집단에 어울리는 정책적 · 실천적 방안을 제시하고, 더 높은 수준의 추론통계를 사용해 상관관계나 인과관계에 대해 조사할 필요가 있다.

참고 문헌

김용길(2020). 코로나 19와 사회복지관의 대응과 과제. 복지동향, http://www.peoplepower21.org/Welfare/1723066.

노대겸 · 노병일(2016). 사례관리의 윤리적 문제에 관한 탐색적 연구. 사회과학논문집, 34(2), 79-96.

노병일1997). 복지 분야에서의 정보통신기술의 활용과 그 여파. 사회과학논문집, 16(2), 239-259.

노병일(2018). 사회복지정책론(제2판). 경기: 공동체.

노병일(2020). 사회보장론(제4판). 경기: 공동체.

Commission for Case Manager Certification(2015). Code of Professional Conduct for Case Managers with Standards, Rules, Procedures, and Penalties. Mt. Laurel, NJ: CCMC.

Eurofound(2020), Living, working and COVID-19 dataset. Dublin, http://eurofound.link/ covid19data.

Gingerich, A. J. and Green, R. K.(1996). Information technology: how social work is going digital. In Future Issues for Social Work Practice, edited by P. R. Raffoul and C. A. McNeece. Needam Heights, MA: Allyn and Bacon.

Meredith, S.(2020). The coronavirus crisis could pave the way to universal basic income. CNBC, April 16, https://www.cnbc.com/2020/04/16/.

Samlani, Z., Lemfadli, Y., Ait, A., Oubaha, S, and Krati, K.(2020). The impact of the COVID-19 pandemic on quality of life and well-being in Morocco. Archives of Community Medicine and Public Health, 6(2), 130-134.

Singletary, M.(2020). Even before coronavirus, Social Security was staring at a shortfall. Washington Post, May 25.

Wang, C., Horby, P. W., Hayden, F. G. and Gaoh, G. F.(2020). A novel coronavirus outbreak of global health concern. Lancet, 395(10223), 470-473.